작은 숲지기의 꿈

스토리
인시리즈

소소하지만 열정적인 당신의 일상을 공감과 위안, 힐링을 담아 응원합니다.
어떤 말들보다 큰 힘이 되어주고 당신만의 이야기를 마음껏 펼칠 수 있도록,
당신의 스토리와 함께합니다.

작은 숲지기의 꿈

학림마을 꼭대기집 둘째의 추억 노래

초판 1쇄 발행 2023년 11월 30일

지은이. 이홍래
펴낸이. 김태영
표지삽화. 유별님

씽크스마트 책 짓는 집
경기도 고양시 덕양구 청초로66
덕은리버워크 지식산업센터 B-1403호
전화. 02-323-5609

홈페이지. www.tsbook.co.kr
블로그. blog.naver.com/ts0651
페이스북. @official.thinksmart
인스타그램. @thinksmart.official
이메일. thinksmart@kakao.com

ISBN 978-89-6529-385-9 (03810)
© 2023 이홍래

*씽크스마트 - 더 큰 생각으로 통하는 길
'더 큰 생각으로 통하는 길' 위에서 삶의 지혜를 모아 '인문교양, 자기계발, 자녀교육, 어린이 교양·학습, 정치사회, 취미생활' 등 다양한 분야의 도서를 출간합니다. 바람직한 교육관을 세우고 나다움의 힘을 기르며, 세상에서 소외된 부분을 바라봅니다. 첫 원고부터 책의 완성까지 늘 시대를 읽는 기획으로 책을 만들어, 넓고 깊은 생각으로 세상을 살아갈 수 있는 힘을 드리고자 합니다.

*도서출판 큐 - 더 쓸모 있는 책을 만나다
도서출판 큐는 울퉁불퉁한 현실에서 만나는 다양한 질문과 고민에 답하고자 만든 실용교양 임프린트입니다. 새로운 작가와 독자를 개척하며, 변화하는 세상 속에서 책의 쓸모를 키워갑니다. 흥겹게 춤추듯 시대의 변화에 맞는 '더 쓸모 있는 책'을 만들겠습니다.

*천개의마을학교 - 대안적 삶과 교육을 지향하는 마을학교
당신은 지금 무엇을 배우고 싶나요? 살면서 나누고 배우고 익히는 취향과 경험을 팝니다. <천개의마을학교>에서는 누구에게나 학습과 출판의 기회가 있습니다. 배운 것을 나누며 만들어진 결과물을 책으로 엮어 세상에 내놓습니다.

자신만의 생각이나 이야기를 펼치고 싶은 당신.
책으로 사람들에게 전하고 싶은 아이디어나 원고를 메일(thinksmart@kakao.com)로 보내주세요.
씽크스마트는 당신의 소중한 원고를 기다리고 있습니다.

작은 숲지기의 꿈

이홍래 지음

공허에서 열정으로 향하는 어떤 노래여행

장년기로 접어드니 아쉬운 마음으로 공허의 뜰을 서성일 때가 많았다. 결실은 부족하고 남은 날에 대한 막연한 두려움이 엄습해 왔다. 가슴 뛰던 열정은 점점 사라지고 사소한 일에 희비(喜悲)하는 소시민으로 하루하루를 이어가고 있지 않나 하는 부끄러운 모습이 어른거렸다. 이런 현실을 극복하기 위해 무엇인가 계기를 마련해야 한다는 생각이 나를 일깨웠다.

삶의 활력을 되살리는 일
육체를 지배하는 정신의 힘이 어떠한 것보다 영향력이

강하다는 사실이 전문가들에 의해서 꾸준히 제기되었다. 사람들의 사고방식이 심리적 요인보다 훨씬 더 큰 영향을 미친다는 것이다. 어떤 사실에 대한 기대감은 보고 듣는 능력을 포함하여 우리 몸에 긍정적 영향을 미친다고 하는데, 젊고 열정적이었던 시절로 생각을 되돌리고 장소도 옮기면 몸이 그 시절처럼 생동감을 회복하여 활력이 솟아나 많은 변화가 일어난다고 한다.

이러한 변화를 기대하며 몸은 젊은 시절로 되돌아갈 수 없지만, 젊고 열정적이었던 때의 내 모습을 다시 복원하여 삶의 활력을 되살리는 계기를 마련하고 싶었다. 그리하여 가슴을 뛰게 할 나만의 여행을 계획하였다.

멀고 아득한 지난 세월을 여행하는 길에는 여러 갈래가 있겠지만 그중 가장 즐겁고 유쾌한 여행은 나의 삶과 함께한 노래를 기억하는 것이었다. 내 삶에는 항상 노래가 가까이 있었다. 어린 시절부터 노래를 듣고 부르는 것이 일상이었다. 노래를 들을 수 있는 도구는 라디오가 전부이고, 악보는 친구들이 가지고 있던 대중가요 책이었다. 라디오를 즐겨 듣고 공책에 노래 가사를 베끼고 외우면서 친구들과 들로 산으로 다니며 즐겁게 불렀다.

이처럼 내가 노래를 즐겨 부르게 된 것은 가락과 노랫말 속에 담겨있는 정서가 나의 정서와 끈끈한 연대감을 이루어 강한 울림이 있었기 때문이다. 흥을 돋우기도 하고 감상에 젖게 하는 가락의 묘한 울림과 노랫말 속에 담겨있는 가슴 아리는 촉촉한 정서적 유대는 그 어떤 것으로도 대체할 수 없는 안식과 위로의 결정체 역할을 하였다. 한 시절을 반영했던 노래는 우리 삶의 한 부분이고 위안이었다. 이러한 기억들이 나의 의식 깊숙한 곳에 화석과 같이 뚜렷한 흔적을 남겨놓았는데, 노래와 함께했던 나의 발자국을 더듬어 정신적 주름을 펴고 그 시절 젊음의 열정을 되찾고 싶었다. 이 글은 이러한 바람으로 진솔하게 기록한 글이다.

　부족한 글이 책으로 엮어지기까지 수고를 아끼지 않았던 진주문고 여태훈 대표님과 씽크스마트 김태영 대표님, 김무영 편집장님께 진심으로 감사드린다.

2023년 가을
작은숲지기 이홍래

목차

제1장

철부지 시절 흔적 따라

01.
그리움은
고향의 노래를 타고

　덕유산 줄기 두류봉 아래에 깃든 고향집은 황토벽과 구들로 된 초가집이었다. 내가 태어나기 전 분가하신 부모님은 마을의 당산 아래 동네의 땅을 빌려 터를 닦고 주변 산에서 해온 나무를 다듬고 엮어 집을 지었다.

　아버지가 살아 계실 때 "자형과 함께 컴컴한 새벽에 일어나 범용골 깊은 곳으로 들어가, 나무를 베어 지게에 지고 오면 아침 해가 훤하게 밝아오고 겨울인데도 온몸에 땀이 흥건하였다"고 말씀하셨다. 새벽부터 깊은 산속에 들어가 집을 지을 목재를 준비하여 마을 어른들의 도움을 받아 지은 집이 자그마한 고향집이다,

　　　　　　　　　　　　　　작은 숲지기의 꿈

그 집에서 내가 태어나고 동생이 태어났다. 마을 꼭대기에 자리 잡은 집이라 풍광은 좋은데, 오르막길이라 추수철에는 곡식을 나르기 힘들었고 밭이나 논으로 거름을 나르기도 힘들었다. 또 마을 건너편 산에서 나뭇짐을 지고 올 때의 숨차고 후들거리는 다리 떨림의 고통도 컸다. 그 시절 어머니는 가끔 "네 할아버지가 어찌 이런 꼭대기에 집터를 골라 집을 짓게 하셨을까?"라고 원망 섞인 말씀을 하셨다.

마을에서 가장 높은 곳, 눈 내리는 겨울 아침이면 밤마실 왔던 짐승의 선명한 발자국이 증표로 남아 있고, 전기가 들어오지 않아 어둑함의 일상에서 크게 벗어나지 못했던 곳, 문명의 혜택과는 거리가 먼 산간벽촌, 드문드문 감자 박힌 보리밥을 눈물겹도록 먹어야 했고, 중학생이 되도록 읍내에 외출한 횟수가 다섯 손가락 안에 들 정도로 활동 범위가 좁은 나의 생활터전이었다.

산골 마을의 환경은 열악하였지만 나는 이러한 현실이 당연한 줄 알고 한적한 산골생활이 좋았다. 화선지에 연하게 스며드는 수묵화 같은 봄날의 산골 정경과 땡볕 아래 온 산하로 쏘다니며 만들었던 여름날의 추억, 가을날의 풍요 속 쓸쓸함, 그리고 추위로 담금질하던 겨울날의 선명한 모습들. 이처럼 사계의 변화와 함께 이루어지는 산골 마을과 일체감을 이루며 성장하였다. 그리고 날갯짓을 익혀 어미의 둥지를 떠나는 새처럼 고향집을 떠났다.

나는 고향을 떠나온 뒤부터 고향집의 평화로움과 아늑함이 늘 그리웠다. 특히 겨울날 산골 마을에 드리워진 저물녘의 평온한 안정감을 그리워하였다. 해거름쯤, 낮게 깔리는 저녁연기로 둘러싸인 자그만 산골 집들을 내려다보며 용암처럼 타오르는 겨울 아궁이를 지켜보던 그 시간이 눈에 아른거렸다.

모처럼 한가한 겨울날, 고향집으로 올라와 어머니 곁에서 이런저런 이야기를 나누었던 아늑한 기억은 더욱 진한 그리움으로 새겨졌다. 군불을 지펴 따뜻한 아랫목에서 어머니와 대화를 나누던 겨울날 오후, 산자락을 건너뛰는 겨울바람에 문풍지가 울고 가끔 마른 호두나무 잎이 조심스럽게 마당을 스쳐 가던 그 순간이 바로 어제의 일처럼 느껴진다.

국화꽃 저버린 겨울 뜨락에
창 열면 하얗게 뭇 서리 내리고
나래 푸른 기러기는 북녘을 날아간다
아- 이제는 한적한 빈들에서 보라
고향 길 눈 속에선 꽃 등불이 타겠네

김재호 작시 이수인 작곡 「고향의 노래」는 향수(鄕愁)의

작은 숲지기의 꿈

갈증을 어느 정도 해소하게 하여 마음의 위안을 주는 노래이다. 노래의 음률을 타고 상상의 나래를 펼치면 고향의 정경이 파노라마처럼 펼쳐진다. 이러한 꿈같은 시간은 어머니 품처럼 포근함을 안겨 주고, 쓸쓸한 거리에 서성이는 나를 고향집 따뜻한 아랫목으로 데려다 놓는다.

추억과 오늘 ·

나는 산골 벽촌에서 자랐기에 공동체를 사랑하며 친구들과 잘 어울릴 줄 알았다. 어른들을 어려워할 줄 알았고, 작은 생명도 소중하게 여기며, 약자에 대한 연민도 품을 줄 알았다. 비록 궁핍했지만, 자연과 함께하는 공동체 생활이 사람으로 살아가는데 필요한 기본을 갖추게 하였을 것이라는 확신이 든다.

02.

아버지의 애창곡,
동백 아가씨

내가 태어나고 자란 고향 마을은 거창 북쪽에 자리하고 있다. 조금만 더 위쪽으로 올라가면 덕유산 줄기가 북동쪽으로 뻗어 이루어진 삼봉산이 있고, 그 옆에는 듬직한 모습으로 고향을 내려보는 대덕산이 있다. 그 아래 경상남도와 전라북도의 경계가 있다.

삼봉산 줄기인 두류봉 아래쪽에 자리 잡은 내 고향 학림 마을은 겨울에 많은 눈이 내렸다. 그러면 완행버스도 다니지 않아 걸어 다녀야 했다. 그러다 보니 겨울철 많은 시간을 마을 안에서 맴돌아야 했는데, 어른들은 볏짚을 다듬어 새끼를 꼬거나 가마니를 짜기도 하고 산에 땔감을 하러 다

작은 숲지기의 꿈

니셨다. 밤이면 동사(마을의 공동 쉼터)나 대밭집 사랑방에 모여 윷놀이를 하거나 민화투를 치고 이야기를 나누며 긴 겨울밤을 보냈다.

초등학교 시절의 어느 겨울밤, 아버지를 따라 당숙 어른 댁으로 마실을 간 적이 있었다. 당숙 어른이 사용하는 큰방에는 어른 예닐곱 분이 먼저 와 계셨다. 그때 당숙 어른의 집에는 6촌 형님이 도시에서 가져온 건전지를 넣어 사용하는 휴대용 전축이 있었는데, 어른들은 이 전축의 노래를 듣기 위해 모인 것이다. 빙빙 돌아가는 검은 접시 위에 줄이 그어진 둥근 판을 올리고 그 위에 가늘고 짧은 침을 얹으면 '세세세'하는 소리와 함께 노래가 흘러나왔다. 나는 너무 신기하여 자세히 들여다보고 있는데 어른들도 놀라 하시며 '허-참, 허-참'하셨다. 그리고 둥근 판에서 흘러나오는 노래가 무슨 노래인지도 모르고 어른들과 함께 들었다.

세월이 흐른 뒤, 그때는 알 수 없었던 것을 알게 되었다. 그날 밤 맑고 고운 목소리를 내던 가수는 이미자 씨고, 그분의 많은 노래 가운데 그날 밤 어른들과 아버지가 가장 많이 들었던 노래가 「동백 아가씨」라는 사실을. 그 뒤에도 아버지는 「동백 아가씨」를 좋아하셨다.

헤일 수 없이 수많은 밤을

내 가슴 도려내는 아픔에 겨워
얼마나 울었던가 동백 아가씨

밤이 깊도록 노래를 듣던 어른들이 하품을 하기 시작하면 당숙모님은 부엌으로 가셔서 동치미를 한 양푼 가득 담아내셨다. 얼음과 무가 둥둥 떠 있는 동치미 양푼을 두 손으로 들고 순서대로 돌아가며 드시고는 '어이 시원해'하시며 몸을 움츠리셨다. 어른들이 다 드시고 난 뒤 마지막으로 내 순서가 되었다. 아버지가 양푼을 잡고 내 입술에 대어주셨는데 차갑고 짭조름한 물이 입안으로 밀려드니 온몸이 으스스하며 머리끝까지 움찔하였다. 그렇게 노래를 듣다 밤이 깊어지면 어른들도 일어서고 나도 아버지의 손을 잡고 집으로 돌아왔다. 집으로 돌아오는 길은 칠흑같이 어둡고 추웠다.

그때 노래를 함께 들었던 어른들은 모두 돌아올 수 없는 먼 곳으로 떠나셨다. 당숙모님은 내가 고등학생 때 돌아가셨는데 아버지가 가장 많은 눈물을 흘리셨다. 하얀 얼굴의 인자한 모습의 당숙모님을 생각하면 지금도 마음이 짠하다. 「동백 아가씨」는 아버지의 애창곡이기도 했고, 이제는 그 겨울의 추억과 아버지에 대한 진한 그리움을 불러일으키는 노래가 되었다.

작은 숲지기의 꿈

추억과 오늘 ･････････････････････････････････

그 시절 내가 왜 어른들의 공간에 가게 되었을까 곰곰이 생각해 보
았다. 우리 집은 남자만 4형제라 아침에 눈을 뜨는 순간부터 저녁
잠자기 전까지 매우 소란스러웠다. 아침에 일어나기 무섭게 장난이
시작되어 벽을 발로 차고 이불을 뒤집어씌워 누르고 베개를 던지는
장난을 쳤다. 이처럼 심하게 장난을 치다 우리 형제는 겨울 아침에
발가벗겨진 채로 밖으로 쫓겨난 일도 있었다. 부모님이 아무리 타
이르고 꾸중해도 그때뿐이었다. 나이 터울이 많지 않은 머슴애들만
있으니 어머니의 고생이 이만저만이 아니었다.

아마 아버지가 나를 어른들의 장소에 데려간 이유는 장난이 심한
나를 형제들과 잠시라도 떼어놓으려 한 것이 아니었을까? 어쨌든
나는 추운 겨울밤 아버지와 함께 「동백 아가씨」를 들었던, 잊지 못
할 추억을 만들었다.

03.

사계절 우리 가족의 작은 정원, 꽃밭에서

　고향집 마당 바로 옆에는 내가 태어나기 전부터 우람한 소나무 몇 그루가 서 있었다. 마을을 지켜준다는 당산 아래 집터를 닦으며 자연적으로 자라던 소나무를 그대로 보존하였다. 나는 우람하고 품격 있는 소나무 곁에서 자랐다.

　아버지는 좁은 마당 곳곳에 꽃을 심으셨다. 유년 시절의 고향집은 사계절 내내 꽃들의 릴레이가 이어졌다. 이른 봄 장독대 옆의 매화, 매화가 지면 뒷산을 진달래가 수를 놓으며 펼쳐지고, 진달래가 지면 집 뒤 벚나무는 화사한 꽃을 피워 주위 벌들을 온종일 불러들였다. 유월이면 돌담을 감돌던 덩굴장미의 요염함이 햇살을 유혹하고, 햇살 뜨거운

작은 숲지기의 꿈

7월이면 화단 옆 채송화와 봉숭아가 화답하였다. 장맛비가 한바탕 스치고 간 뒤 처연한 꽃들의 모습은 여름꽃의 백미라 할 수 있다. 가을에는 장독대 옆 수탉 벼슬을 닮은 맨드라미와 골목길의 코스모스, 그리고 집 주위의 쑥부쟁이 등 봄에서 여름, 가을, 서리 내리는 늦가을로 이어지며 꽃들의 릴레이가 펼쳐졌다. 바로 아버지의 정원에서.

아빠하고 나하고 만든 꽃밭에
채송화도 봉숭아도 한창입니다
아빠가 매어 놓은 새끼줄 따라
나팔꽃도 어울리게 피었습니다

하모니카 연습을 하면 꼭 이 노래를 꼭 연주한다. 은은한 추억의 음이 선율을 타면 산골 마을 아버지의 작은 정원이 눈앞에 그려진다. 아버지는 자식들이 이 정원을 기억하기를 바라셨는지 읍내에서 사진기를 빌려 기념사진을 찍어 놓으셨다. 고향을 떠난 지 어언 45년의 세월이 흘렀다. 그동안 고향집의 모습은 많이 바뀌었지만, 아버지의 정원이던 산골 마을 작은 마당은 옛 모습 그대로 내 유년 시절의 꽃밭을 불러낸다.

추억과 오늘 ·

집을 수리하고 마당을 넓히는 바람에 아버지의 정원은 옛 모습을
잃었다. 눈을 감으면 장맛비에 물 때 묻은 마당 언저리 낮은 돌담 아
래 피어 있던 채송화의 올망졸망 귀여운 모습과, 빗물 고인 장독 위
에 떨어져 누렇게 변해버린 밤꽃의 처연한 모습을 쓸쓸하게 바라보
던 내 유년기의 기억이 선명하게 되새겨진다.

작은 숲지기의 꿈

04.

가설극장의 팡파르,
홍도야 울지마라

70년대에는 고향 소재지에 가설극장이 자주 등장하였다. 본격적인 농번기가 시작되기 전인 3, 4월이나 가을걷이가 끝나는 늦가을, 오일장이 서는 넓은 시장터에 장막이 둘러쳐지고 요란한 확성기 소리는 조용하던 산골 마을을 온통 들쑤셔 놓았다. 아직 전기가 들어오지 않았기에 시장터 구석에 발전기를 돌려 환하게 불을 밝히고 소재지가 떠나갈 만큼 확성기 소리를 높여 가설극장이 왔음을 홍보하였다. 이때부터 순박한 산골 사람들의 마음은 설레기 시작한다.

가설극장의 입장료는 대략 20원 정도 되었는데 나와 친구들은 마을 벽에 영화를 홍보하는 벽지 붙이는 작업을 도와주고 초대권을 얻기도 하였다. 4절지(A4용지 4장의 크기)의 갱지에 분홍색과 감색 검정색으로 영화 제목을 휘갈겨 쓴 벽지에 풀을 듬뿍 발라 붙을만한 벽을 찾아 붙이는 작업을 앞장서서 도와주면, 가설극장 조수는 흡족한 표정으로 초대권 한 장씩 주었는데, 신이 난 우리는 이웃 마을까지 따라가 일을 도와주었다.

내가 본 영화는 여러 편 되지만 제목이 기억에 남는 것은 '용문의 여검'이다. 검은 복장의 여자가 아버지 복수를 위해 검객으로 고군분투하는 모습을 보여주는 내용으로 인상적이었다. 영사기가 잘 돌아가다 가끔 중간에 필름이 끊겼는지 영화가 멈춘 경우가 있었는데, 이럴 때면 뒤에 서 있던 형들이나 어른들의 야유가 쏟아졌다. 특히 야한 장면 중간이 끊겼을 때는 형들이 휘파람을 불며 '우-우-우'하며 항의하기도 하였다.

9시를 넘어서면 영화가 끝났다. 우리 조무래기들은 마을 형들과 누나들을 따라 신작로를 걸어 마을로 향했다. 봄이면 우리가 무리를 지어 지나는 길옆 논에서는 개구리들의 울음소리가 요란하여 밤의 정적을 깨뜨리기도 하고, 은은한 달빛이 앞길을 안내할 때도 있었다. 그런데 이런 분위기 속에서도 마을과 소재지의 중간쯤 오면 형들은 우리와 누나들을 먼저 가라고 하고 냇가로 갔다. 이웃 마을의 형들과 싸움을 하기 위해서였다.

작은 숲지기의 꿈

이상하게도 그 시절에는 싸움을 많이 하였다. 같은 마을에서도 아랫마을과 윗마을을 나누어 패싸움을 하였다. 우리는 두려운 마음으로 형들이 싸움을 잘 하여 이기고 돌아오기를 바라며 누나들과 집으로 돌아오곤 하였다. 그러나 그 결과에 대해 형들 누구도 알려주지도 않았고 우리도 다음 날이 되면 잊어버렸다. 산골생활의 답답하고 무료함을 달래기 위해서 싸움을 하는 것인지 어린 우리는 도무지 이해가 되지 않았다.

초등학교 시절 어느 봄이었다. 친구 ㅍ이 고무지우개로 가설극장 영화 입장권 도장과 똑같은 것을 만들었다. 그리고 소재지 문방구에서 비슷한 색깔의 도화지를 사 찍은 것을 보여주는데 영화 입장권과 비슷하였다. 누가 보아도 비슷하여 구분이 잘 안 될 정도였다. 그리고 그 위조한 입장권을 가지고 우리 또래의 조무래기들과 거기에 동네 누나들까지 합세하여 열 명 남짓 가설극장으로 갔다.

이 위조 입장권으로 입장하려면 어른들 사이에 끼어 가끔 한 명씩 들어가야 검표원이 눈치를 채지 못할 것인데 아직 철이 없고 대책이 없던 우리는 우리끼리 줄을 서서 들어가려 하였다. 표를 파는 곳이 가까운 곳에 있어 누가 표를 사는지 금방 파악되는데, 표도 사지 않은 조무래기들이 줄을 서서 들어가려다 금방 덜미가 잡혔다. 표 사는 곳에는 들리지 않고 조그만 애들이 손에 입장권을 들고 줄줄이 들어오니 이를 이상하게 여긴 검표원이 우리가 내민 입장권을 밝은 불빛 아래 비춰보더니, 우리를 데리고 가설극장 옆 어둑한 곳으로 가서 험악한 얼굴로 자초지종을 물었다. 우리는 실토하지 않을 수 없었다. 이야기를 듣던 검표원은 우리 머리를 한 대씩 쥐어박고 그 자리에 손들고 무릎 꿇어 있으라 하였다. 겁에 질린 우리는 시키는 대로 할 뿐 다른 생각은 하지 못하였다.

우리의 이런 모습을 본 누나들은 도망쳤다. 한 시간쯤 벌서고 있으니 검표원은 '앞으로 이런 짓 하지 말아라'고 하며 우리를 가설극장 안으로 들여보내 주었다. 우리는 안도하며 반은 공짜인 영화를 본다는 기쁨에 조금 전의 불안한 기억에서 벗어나 기분 좋게 영화를 보고 돌아왔다. 비록 위조는 통하지 않았지만 반 공짜 영화를 본 셈이다.

그 후 π은 입장권을 위조하는 모험은 하지 않았다. 그해 봄 가설극장에서 영화를 홍보하는 성능 좋은 확성기에서 흘러나왔던 노래가 바로 「홍도야 울지마라」였다. 이 노래는 가설극장 영화의 시작을 알리는 일종의 팡파르였다.

사랑을 팔고 사는 꽃바람 속에
너 혼자 지키려는 순정의 등불
홍도야 울지마라 오빠가 있다
아내의 나갈 길을 너는 지켜라

작은 숲지기의 꿈

「시네마천국」을 보고 깊은 감동을 받아 다시 보고 싶은 영화로 꼽은 것은 유년 시절 가설극장의 추억과 깊은 연관이 있다. 주인공 토토는 고향을 떠나 성공한 영화감독이 되었듯이, 그때의 조무래기들도 정겨운 추억을 가슴에 품고 비록 평범하더라도 인간미 넘치는 삶을 살고 있으리라 생각한다. 클래식 방송에서 가끔 들려주는 「시네마천국」의 주제 음악은 나를 그 시절의 토토로 되돌려 놓는다.

추억과 오늘 ·······································

나는 지금도 가끔 영화관을 찾는다. 넷플릭스도 있고 주말이나 명절에는 TV에서도 영화를 볼 수 있지만, 영화관의 웅장한 화면과 음량을 어찌 대체할 수 있겠는가? 영화관에서의 시간은 즐겁고 빠르게 흘러간다. 영화관을 찾을 때면 가끔 냇가의 돌을 주워 가설극장으로 들어가 맨 앞자리에 앉아 있던 유년 시절의 내 모습을 떠올리며 웃음 짓는다.

05.

겨울밤의 놀이공원,
님과 함께

유년 시절의 겨울밤은 유난히 길었다. 그 긴 밤을 우리 조무래기들은 끼리끼리 모여 윷놀이를 하거나 날이 춥지 않으면 바깥에서 '간첩놀이'를 하였다. 우리보다 두세 살 위인 형들이 주축이 되고, 친구들과 동생들까지 20명 정도 가 모여 도망 다니는 간첩조와 간첩을 찾는 경찰조로 나누어 숨고 잡는 놀이를 하였는데, 이것이 '간첩놀이'였다.

숨을 수 있는 지역은 마을의 위쪽으로 정하고 그 공간에 서만 숨어야 하며 다른 곳에 숨으면 반칙이었다. 상대편이 숨으면 찾는 쪽은 숨을만한 공간을 샅샅이 뒤지는데, 아무리 찾아도 성과가 없으면 '신호 한 번 보내라'고 하였다. 그

작은 숲지기의 꿈

러면 숨어 있는 공간에서 아주 작은 소리로 '여기 있다'고 신호를 보낸다. 소리가 나는 쪽으로 뛰어가면 숨은 아이는 벌써 다른 곳으로 도망치고 없었다. 이리 달리고 저리 몰리고 하다 반 정도 잡히면 역할을 바꾸었다.

우리의 놀이를 이끄는 형은 나보다 몇 살 많았다. 덩치도 있고 마음이 순하여 우리를 잘 데리고 놀았고 우리도 그 형을 잘 따랐다. 형은 저녁밥 먹는 시간이 어느 정도 지났다 싶으면 동네를 다니며 '간첩놀이 하러 나오너라'하며 조무래기들을 유인하였다. 놀이할 정도의 아이들이 모이면 놀이를 시작했지만, 아이들이 생각처럼 모이지 않으면 먼저 모인 조무래기들은 박카스병에 등유를 넣고 심지를 세워 만든 횃불을 들고 온 동네를 돌며 노래를 불렀다. 그때 자주 부르던 노래가 당시 유행했던 남진의 「님과 함께」였다.

저 푸른 초원 위에 그림 같은 집을 짓고
사랑하는 님과 함께 한 백년 살고 싶어

나는 좋아 나는 좋아 님과 함께면
님과 함께 같이 산다면

열댓 명의 아이들이 앞서거니 뒤서거니 모여 이 노래를 부르며 골목길을 지나면, 집에 있던 나는 나가고 싶어 견딜

수가 없었다. 매일 밤 밖으로 나가 늦게 들어오고, 온 마을을 쏘다니며 시끄럽게 하여 고요한 산골 마을을 뒤집어 놓으니, 화가 난 아버지는 나의 밤 외출을 금지하였다. 그래도 어린 마음에 나가고 싶은 유혹을 떨칠 수 없었다. 이 궁리 저 궁리를 해 보아도 도무지 방법이 없었다. 무서운 아버지의 명을 거역할 수도 없고, 그렇다고 놀기를 포기할 수도 없는 참으로 난감한 상황이었다.

호시탐탐 기회를 엿보아도 기회는 오지 않았다. 아버지가 동사(洞舍)나 대밭집 사랑방으로 마실 나가기를 기대하였으나 가지 않을 때가 있었다. 마음이 새까맣게 타들어 갔다. 밖에는 여전히 나를 유인하는 아이들의 노랫소리가 끊이지 않았다.

그렇게 마음을 끙끙하며 며칠이 지나고 아버지의 화가 조금 누그러진 틈을 타서 내가 거처하던 작은방 툇마루를 타고 탈출에 성공하여 아이들과 합류하였다. 그리고 신나게 「님과 함께」를 부르며 골목길을 누비고 놀이하는 즐거움을 만끽하였다. 물론 다음날 아침에 꾸중 듣는 것까지가 정해진 코스였다.

추억과 오늘 ······································

그 시절 우리가 돌던 그 좁았던 골목길은 새마을사업으로 넓어졌고, 돌담길 일부는 시멘트 벽돌로 대체되기도 하였다. 그렇지만 우리가 함께했던 그 시간만큼은 우리의 기억 속에 금강석보다도 더 단단하게 자리잡고 있다. 지금도 고향의 쓸쓸하고 외로운 골목길에는 우리 철부지들의 시끄러운 노래 소리와 낡고 거친 신발의 흔적들이 그대로 간직되어 있을 것이다.

06.

나의 요람기,
과수원 길

산골 소년들에게 여름방학은 그야말로 자유의 시간이었다. 초등학교 여름방학은 음력 유월 보름인 유둣날을 조금 지나 시작하였는데, 유둣날을 기다리면서 여름방학도 함께 기다렸다. 가난한 시절의 유둣날은 배고픔을 달랠 수 있는 날이었다.

이날은 밭이나 논 주인이 정성스럽게 만든 떡(송편이나 시루떡)을 호박잎이나 콩잎 위에 얹어 아침 일찍 밭둑이나 논둑에 두었는데, 이런 정성에는 그해 풍년을 기원하는 간절한 바람이 담겨있다. 이 떡은 논이나 밭을 먼저 찾은 사람이 가져가면 되는데, 평소 일찍 일어나지 않던 아이들도 이

작은 숲지기의 꿈

날만은 일찍 일어나 작은 바구니를 들고 온 들녘을 설치고 다녔다.

유둣날이 지나고 며칠 지나면 여름방학이 시작되는데, 이때부터 공부에 별반 관심을 두지 않는 우리들의 신나는 자유 시간이 펼쳐진다. 방학이 되면 우리는 산과 들 냇가로 달려가 햇살 뜨거운 여름과 씨름하였다. 산에서 토끼 먹이가 되는 칡덩굴이나 아카시아 잎을 따기도 하고, 밭일이나 논일을 잠시 도와드리는 흉내를 내다 도망쳐 운동장에서 축구 하는 여유를 부리기도 하였다. 운동장에서 뛰다 온몸 땀범벅이 되면 냇가로 달려가 멱을 감으며 시간 가는 줄 모르고 놀았다. 훗날 오영수의 소설 「요람기」를 읽으며 우리들이 그 소설 주인공들 같다는 생각이 들었다.

우리 또래의 조무래기들이 멱감으러 가는 냇가 보(물이 고여 있어 보통 어른 키의 깊이가 됨)에는 마을의 형들이 미리 와서 자리를 잡고 있었다. 형들을 피해 아래쪽 냇가에서 호기롭게 물놀이를 하고 있으면 형들은 우리에게 넓은 곳에 와서 놀라고 손짓하였다.

우리는 그 속셈을 알기에 가지 않고 버텼다. 그러면 큰 목소리로 너희들이 안 오면 우리가 간다고 협박을 하였다. 할 수 없이 형들이 있는 곳으로 가면 기다렸다는 듯이 우리의 목을 잡고 물속에 밀어넣는 장난을 쳤다. 한참 동안 숨도 쉬지 못하고 물속에서 허우적거리면 잠시 물 위로 올렸다 숨을 쉬게 하고 다시 물속으로 집어넣었다. 숨을 쉬지 못하여 눈알이 튀어나올 정도로 고통스럽기에 온몸으로 발버둥 치면 그때는 할 수 없이 풀어주었다. 그러면 우리는 원래 놀던 아래쪽 냇가로 도망쳐 멱을 감다 홀랑 벗고 바위 위에서 몸과 속옷을 말리고 집으로 돌아왔다.

허기진 몸으로 집으로 돌아와 감자가 드문드문 박혀있는 꽁보리밥에 열무김치, 감자조림, 된장으로 차려진 점심밥을 꾸역꾸역 밀어 넣고 친구 집으로 놀러 갔다. 실컷 놀다 조금 무료해지면 집으로 돌아와 작은방 툇마루에 누워 있거나 아니면 집 주위를 서성거렸다. 이처럼 무한한 자유를 누리며 여름방학을 보내던 어느 8월 하순, 한낮 맹위를 떨치던 해가 서서히 기울어갈 무렵 나는 작은방 툇마루에서 낮잠을 자다가 깨었다. 잠시 멍한 모습으로 기울어가는 해 그림자를 보고 있는데, 오후 라디오 어린이 방송에서 「과수원 길」이 흘러나왔다. 그 전에도 이 노래를 들어보기는 하였지만 이처럼 노래 가사가 마음에 와닿지는 않았었다.

동구 밖 과수원 길 아카시아 꽃이 활짝 폈네
하이얀 꽃 이파리 눈송이처럼 날리네
향긋한 꽃 냄새가 실바람 타고 솔솔
둘이서 말이 없네 얼굴 마주 보면 생긋
아카시아 꽃 하얗게 핀 먼 옛날의 과수원 길

작은 숲지기의 꿈

이 노래는 해그림자가 앞산 허리를 드리우는 여름날 산골 마을의 서정과 천방지축 날뛰며 지내던 여름날의 내 모습들, 단잠 속에 두런두런 들려오던 정다운 목소리들을 아슴푸레하게 떠올리게 한다. 내 고향 산골에는 포도와 사과 과수원이 있었다. 여름이면 수박밭이 조무래기들을 유혹하여 과수원의 추억을 더 풍요롭게 하였다. 이 노래에는 내 고향 여름날의 서정이 수채화처럼 담겨있고 내 유년 시절의 그리움이 각인되어 있기에 지금도 마음을 설레게 한다.

추억과 오늘 •••••••••••••••••••••••••••••••••••
세월이 흐른 뒤 내 고향은 주요 사과 재배지가 되었다. 해발 350미터가 넘는 고지대라 기후 변화를 감지한 읍내 사과 농장들이 옮기기도 하였고, 고향의 젊은 농부들이 사과를 재배하여 지금은 '해따지' 브랜드로 당도 높고 단단한 사과를 출시하여 호평받고 있다.

07.

초동(樵童)들의 오아시스, 옹달샘

고향 마을 뒷산에 오르기 위해서는 가파른 골짜기를 거쳐야 한다. 그 골을 타고 숨 가쁜 오르막길을 한참 오르면 동네 어른들이 '묵밭'이라 부르는 곳이 있다. 원래 이곳은 밭이었는데 동네에서 너무 멀고 가파른 오르막길이 힘들어 일구지 않아 묵정밭이 되었다고 하였다. 우리도 어른들이 불렀던 것처럼 그곳을 '묵밭'이라 하였다.

가을에는 묵밭 주위에 보리수 열매를 따러 갔고 겨울에는 땔감을 하러 더 깊은 산으로 오르는 길에 그곳을 자주 지나쳤다. 친구들과 땔감을 한 짐 만들어 집으로 내려올 때는 반

드시 쉬어가는 쉼터였다. 묵밭에는 하늘을 향해 곧게 뻗은 아름드리 낙엽송이 우람하게 무리 지어 있고, 나무 아래에는 바늘과 같은 노란 잎들이 양탄자처럼 깔려있었다. 그리고 숲 가운데 작은 옹달샘이 있었다. 그 샘은 어른들이 오래전부터 산을 오르내릴 때 쉬어가며 목을 축였던 곳이다.

우리는 산을 오를 때 옹달샘에 가라앉은 앙금과 낙엽들을 깨끗하게 치워 샘을 청소해 놓고, 땔감을 가득 채워 내려올 때 지게를 샘 주위에 받쳐놓고 목을 축이며 쉬었다. 나무를 자르고 가지를 꺾기 위해 땀을 흘리다가 옹달샘에서 목을 축이는 일은 큰 즐거움이었다. 차가운 샘물이 목을 타고 내리며 싸해지는 상쾌함은 쾌감 그 자체였다. 나는 옹달샘 물을 마시면서 어릴 적 부르던 동요처럼 혹시 이 산의 토끼나 노루도 이 샘물을 마시지 않을까 상상하였다.

깊은 산골 옹달샘 누가 와서 먹나요
맑고 맑은 옹달샘 누가 와서 먹나요
새벽에 토끼가 눈 비비고 일어나
세수하러 왔다가 물만 먹고 가지요

고등학교 겨울방학 때까지 땔감을 하기 위해 산을 올랐지만, 고향을 떠난 뒤에는 산을 오를 기회가 거의 없었다. 군 복무 31개월, 대학재학 4년 동안의 긴 공백이 있었다. 그 시절 가끔 고향을 찾아도 그냥 바라만 보았을 뿐 오르지는 못하였다.

1988년 12월 말쯤이었다. 고향을 찾으니 고향집에 어머니가 계시지 않았다. 평소 돼지우리 앞에 세워두던 어머니의 지게가 보이지 않았다. 순간 어머니가 산에 가셨다는 생각이 들어 평소 어머니가 자주 가는 뒷산으로 어머니를 찾아 올랐다.

1980년 1월 고등학교를 졸업한 후 오르지 않던 산을 8년 만에 오르니 감회가 새로웠다. 지게를 지고 산으로 오르내릴 때 힘들던 좁은 바위틈도 그대로 있었고, 이른 봄 친구 아버지가 목청을 높이고 소를 닦달하며 갈던 조그만 다랑이논은 풀만 무성한 체 그대로 있었다. 소먹이러 왔던 마을 아이들이 놀던 공터도 그대로고, 맞은편 응달의 낙엽송 숲도 늠름한 모습 그대로 자리를 지키고 있었다. 온갖 상념에 젖어 산길을 오르는데 멀리서 어머니의 희미한 모습이 눈에 들어왔다.

구절양장 오르막길을 한참 오르니 묵정밭 근처에서 어머니는 낫으로 삭정이를 꺾고 계셨다. "연락도 없이 어쩐 일이냐?"고 반가워하시는 어머니의 손에서 낫을 빼앗아 주위에 널려 있는 삭정이를 꺾으며 그동안 나누지 못하였던 이야기를 나누었다. 나는 삭정이를 묶어 지게에 올려놓고 가까이 있는 옹달샘으로 갔다.

우리가 고향을 떠난 후 찾는 사람들이 거의 없었는지 옹달샘은 모양도 변했고 낙엽과 앙금이 가득하였다. 손으로 걷어내고 주위의 작은 돌로 다시 입구를 막아 원래의 모습대로 복원하였다. 그리고 조금 기다리니 맑은 샘물이 그대로 고였다. 두 손을 모아 샘물을 떠서 들이켜니 차가움이 온몸을 전율케 하였다. 잠시 옹달샘에 머물다 지게를 지고 어머니와 산길을 내려왔다. 어머니와 함께한 그날이 묵밭을 오른 마지막이었다. 그 후로는 뒷산에 오를 일이 없었지만, 그곳을 잊은 적은 없다. TV뉴스에서 강원도 지방에 눈발이 날린다는 소식을 전해들을 때, 어머니를 생각할 때, 그리고 이 노래를 들을 때면 불현듯 고향 묵밭의 옹달샘이 떠올라 내 유년의 세계로 상상의 나래를 편다.

추억과 오늘 ·····································

옹달샘이 있는 묵밭에서 조금 더 올라 산등성이에 서면 한참 아래 외갓집이 보인다. 저녁나절 나뭇짐을 산등성에 받쳐놓고 아래를 물끄러미 바라보고 있으면 외갓집의 저녁 짓는 연기가 굴뚝에서 가물가물 피어올랐다.

어머니는 외갓집에 자주 가시고 싶었으나 그렇게 하지 못하였다. 돌아가시기 몇 해 전에 나에게 "오빠가 있는 네 외가에 가서 며칠만 푹 쉬었다 왔으면 좋겠다"고 하셨다. 그러나 어머니의 바람은 실현되지 못하였다.

08.
마을 노래자랑과
비둘기 집

고향 마을에는 부모님 농사일을 도와주던 형들과 누나들이 많았다. 동네 형들은 매년 농한기가 시작되는 늦가을이나 초겨울에 어김없이 마을 노래자랑을 열었다. 읍내에서 확성기를 빌려 온 동네에 잘 들리도록 마을 중간의 감나무에 매달고 동사(洞舍)에 마이크를 설치하였다. 그리고 노래자랑 한다는 안내방송을 '삑-삑'거리는 잡소리와 함께 되풀이하였다.

어둠이 내리기 시작하면 나와 같은 조무래기들부터 동네의 형과 누나들 그리고 어른들이 동사(洞舍) 앞마당에 모이기 시작하였다. 이웃 마을의 형과 누나들까지 원정을 왔

작은 숲지기의 꿈

다. 이장님과 마을 어른 두 분이 심사를 맡고, 상품은 양은 양동이, 주전자 등 생활에 필요한 것들을 가지런히 진열해 놓았다. 노래자랑 참여를 원하는 사람은 참가비 20원을 부담해야 했다.

동사 마루에 무대가 설치되어 노래자랑이 시작되면 동네는 저녁 내내 확성기에서 흘러나오는 박자 흐트러지고 개성이 분명한 목소리로 몸살을 앓았다. 노래를 잘 부르지 못해도 중간에 '땡'이 없어 마지막까지 노래할 수 있기에 어린아이들부터 어른까지 수십 명 참가자들이 마이크를 붙들고 박자를 무시한 자기들만의 노래를 격정적으로 불러댔다.

남들 앞에 나서는 것을 싫어하는 나는 노래자랑에서 노래를 부른다는 것은 생각하지도 않았다. 그러나 또래 아이들이 자신만만하게 노래 부르는 모습을 보면 부럽기도 하였다. 그러던 차에 형들이 나에게 공짜로 노래할 수 있는 기회를 주었다. 참가 신청자가 누구인지 기록한 쪽지를 사회자에게 전달해주는 심부름을 하는 나에게 노래자랑이 거의 마무리 될 무렵, 사회하는 형이 나를 불렀다. 노래하라고. 그래서 엉겁결에 부른 노래가 「비둘기 집」이었다.

비둘기처럼 다정한 사람들이라면
장미꽃 넝쿨 우거진 그런 집을 지어요

메아리 소리 해맑은 오솔길을 따라
산새들 노래 즐거운 옹달샘 터에
비둘기처럼 다정한 사람들이라면
포근한 사랑 엮어 갈 그런 집을 지어요

반주도 없고 박자도 잘 모르는 어린 초등학생이 키에 비해 높고 투박해 보이는 마이크 앞에서 박자도 무시하고 부끄럽게 불렀던 노래다. 깊어가는 산골 마을의 초겨울 밤, 고요했던 마을을 각양각색의 목소리로 들쑤셔 놓았던 노래자랑 끄트머리에 불렀던 나의 노래는, 생애 처음으로 공개 장소에서 부른 노래였다.

추억과 오늘 ●
동네 유일의 문화행사였던 노래자랑은 마을 젊은이들의 축제였다. 물레방아로 밝힌 희미한 전등 아래 온 동네를 장터로 만들었던 소란스럽지만 넉넉했던 밤, 그 밤에 끊임없이 이어졌던 많은 노래는 고향에 남아 있는 형들과 누나들의 고단함과 쓸쓸함을 위로하는 선물이었다.

작은 숲지기의 꿈

09.
산골 겨울밤의
서정 향수

30가구 조금 넘는 우리 마을은 대부분 소농으로 살림살이가 팍팍하였다. 산골이다 보니 엉성한 돌담에 대문이 없는 집이 대부분이었고, 초가집이다 보니 해마다 늦가을이면 동네 어른들이 밤이 늦도록 집마다 다니며 이엉 엮기 품앗이를 하셨다. 꼭대기 집이다 보니 우리 집 이엉 엮기 품앗이는 거의 마지막쯤 하였다.

제법 쌀쌀한 날씨인데도 마을 어른들은 우리 집으로 오셔서 이엉을 엮고 새끼를 꼬았는데, 이엉 엮기가 끝나면 어머니는 밤참으로 밥국과 막걸리를 내어놓으셨다. 초겨울이 다가오는 깊은 밤 뜨뜻한 국물을 안주로 막걸리를 드시며 가을 추수 매상에 대한 이야기며, 마을의 이런저런 이야기를 두런두런 나누는 어른들의 굵직한 목소리가 방안까지 들렸다. 일을 끝낸 마을 어른들은 마당 뒷정리까지 해놓고 늦은 밤에 돌아가셨다.

내가 5학년이 되던 해 봄부터 초등학교 일본식 건물을 헐고 현대식 교실을 짓는 공사가 시작되었다. 이때 버려진 교실의 기와를 구해 지붕을 새로 이는 일이 우리 동네에서 시작되었다. 우리 집도 여기에 편승하여 초가지붕을 걷어내고 기와를 올렸다. 진흙으로 구운 기와는 수십 년의 세월이 흘렀음에도 쓸만하여 적은 비용을 들여 기와집으로 탈바꿈시키는데 큰 역할을 하였다. 몇몇 집이 기와로 변신하고 새마을운동으로 시작된 지붕 개량 사업으로 늦가을 이엉 엮기 품앗이는 추억 속의 한 장면이 되었다.

그래서 고향 마을 늦가을과 겨울의 모습은 이엉 엮기에서 가마니 짜기, 새끼꼬기로 바뀌었다. 우리 동네에서 규모가 제일 크고 마당이 넓은, 집 뒤에 대밭이 있다고 하여 동네 사람들이 '대밭집'으로 부르는 집 아래채는 동네 어른들의 사랑방이었다. 동네 어른들은 이 사랑방에 모여 가마니를 짜고 새끼를 꼬고 윷놀이를 하고 민화투를 치면서 늦가을부터 이듬해 봄까지 긴 시간을 보냈다.

추수가 끝나면 볏짚 끝을 불에 불려 나무망치로 두드려

작은 숲지기의 꿈

부드럽게 만든 다음 그 짚으로 늦은 밤까지 가마니를 짜고, 새끼를 꼬아 둥근 묶음을 만들어 오일장에 내어다 팔기도 하였다. 가마니를 짜기 위해 틀의 공이를 내려치는 소리가 밤늦도록 들렸다.

대밭집 셋째아들 ㅁ은 학년은 아래지만 나이는 같아 가끔 어울렸는데, 어른들이 계시지 않는 틈을 타서 사랑방에 간 적이 있었다. 바깥방에는 가마니틀과 짚, 작은 지푸라기들이 어수선하게 널려있고 안방에는 달력 뒷부분에 그려놓은 윷판과 윷이 한쪽에 가지런히 놓여있었다. 그런데 특이한 것은 그동안 본 적이 없는 짚베개 몇 개가 놓여있는 것이 아닌가? 나는 짚베개도 만드는구나 생각하였다. 그런데 짚베개는 만들어 파는 것이 아니라 동네 어른들이 일하다 졸음이 올 때 그것을 베고 잠시 눕는 용도로 사용하는 것이었다.

1990년에 해금된 정지용의 '향수'는 꿈처럼 다가온 시였는데, 많은 사람들이 우리 시에도 이렇게 좋은 작품이 있었구나 하며 감격하였다. 그리고 이 시에 곡을 붙여 가수 이동원과 테너 박인수 교수가 부른 「향수」가 선풍적인 인기를 끌었다. 이 노래는 순식간에 노래방 단골 애창곡이 되었다.

넓은 벌 동쪽 끝으로 옛이야기 지줄대는

실개천이 휘돌아 나가고
얼룩빼기 황소가 해설피 금빛
게으른 울음을 우는 곳
그곳이 차마 꿈엔들 잊힐리야

질화로에 재가 식어지면
비인 밭에 밤바람 소리 말을 달리고
엷은 조름에 겨운 늙으신 아버지가
짚베개를 돋아 고이 쉬는 곳
그곳이 차마 꿈엔들 잊힐리야

「향수」 전체가 뭉클하게 온몸으로 스며들지만 특히 "엷은 졸음에 겨운 늙으신 아버지가 짚베개를 돋아 고이시는 곳"에서 왈칵 눈물 쏟아질 것 같은 격한 감정이 나를 사로잡는다. 긴 겨울밤 대밭집 사랑방에 모여 놀다 졸음에 겨우면 잠시 짚베개를 머리에 고이고 고단한 몸을 푸셨던 아버지의 모습이 이 시를 통하여 재현된다. 아버지와 함께 동네 어른들도 짚베개를 고이며 긴 겨울밤을 보내셨던 공간, 밤바람 소리와 함께 잠들던 고향 마을의 겨울밤이 「향수」를 통하여 다시 복원된 것이다. 이처럼 시어 하나가 사람의 마음을 흔들어 놓을 때가 있다. '짚베개'는 아버지에 대한 그리움을 또 다른 곳에서 조명하는 단어가 되었다.

추억과 오늘 ·

우리 동네에서 제일 큰 대밭집은 북상면이 고향인 선생님이 구입하여 고향 마을에 그대로 옮겨 놓았다고 한다. 그 후 한동안 빈터로만 남아 있어 마을 사람들 마음을 쓸쓸하게 하였는데, 몇 년 전 자녀들이 황토집으로 복원해 놓았다. 나는 지금도 고향을 오가며 그 시절 대밭집의 사랑채를 그려 본다. 동네 어른들은 대부분 세상을 떠나셨지만, 우리는 그분들의 모습을 기억하고 있다. 그리고 우리도 언젠가 떠날 것이라는 생각을 하니 착잡한 마음 금할 길 없다.

10.
둥지를 떠난 자들의 그리움, 옛 생각

  딸들을 혼인시키고 늦은 나이에 아들 둘을 얻은 ㅍ의 부모님은 두 아들을 몹시 귀여워하여 집이 온 동네 아이들의 놀이터가 되어도 너그럽게 허용하셨다. 그래서 우리 조무래기들은 ㅍ의 집에서 유년 시절의 대부분을 보냈다 해도 과언이 아니다.

  사계절 모두 조무래기들이 붐볐지만, 특히 겨울방학 때는 하루하루가 장날이었다. 쇠죽을 끓여 하루 종일 따뜻한 ㅍ의 작은방은 우리들의 아지트였다. 윷놀이부터 민화투 그리고 어설픈 게임까지 재미있어 보이는 놀이는 모두 다 시도해 보았다. 그 놀이가 시시해지면 마당에 나가 자치기,

구슬치기, 오징어 게임을 하고 놀았다. 어떤 날은 점심밥까지 얻어먹으며 놀았다.

어느 해 겨울 저녁, 라면이 먹고 싶은 우리 또래 친구들은 쌀을 한 줌씩 모아 가게에서 라면 몇 개와 국수로 바꾸었다. 그리고 ㅍ의 부엌에 들어가 아궁이에 불을 지피며 부산하게 준비하는데 ㅍ의 어머니께서 보시고는 끓여 주셨다. 국수를 함께 넣은 라면은 큰 양푼에 가득하였다. 우리는 어머니께 드셔 보라는 말도 없이 옆도 돌아보지 않고 단지에서 금방 꺼내 얼음이 아삭한 김치를 곁들여 순식간에 다 먹어 버렸다. 물이 얼어 설거지도 힘든데 기름기 남아 있는 라면 그릇을 그대로 남겨두고 작은방으로 가서 밤이 늦도록 떠들고 놀았다. 그래도 어머니는 아무 말씀 안 하셨다.

동네에 결혼식이나 회갑이 있으면 저녁에 '단자'라 해서 음식이나 술을 나누어주는 풍속이 있었다. 철없던 조무래기들이 주전자와 소쿠리를 들고 잔칫집에 가면 잔칫날이라 인심이 후해진 주인은 막걸리와 떡 부침개를 나누어 주었다. 이 음식을 들고 ㅍ의 작은방으로 가서 마실 줄 모르는 막걸리를 홀짝이기도 하였다. 어린 나이에 몸이 몽롱해지는 것을 경험한 우리는 그 뒤에도 이런 철부지 행동을 종종 하였다.

초등학교를 졸업하기까지 눈치 없고 철없는 행동을 하

던 우리는 중학교에 입학하자 조금 진지해지고 철이 들기 시작하였고, 고등학교를 졸업하고 각자의 길을 찾아 고향이라는 둥지를 훌쩍 떠나 버렸다.

> 뒷동산 아지랑이 할미꽃 피면
> 꽃댕기 매고 놀던 옛 친구 생각난다
> 그 시절 그리워 동산에 올라보면
> 놀던 바위 외롭고 흰구름만 흘러간다
> 모두들 어디 갔나 모두 다 어디갔나
> 나 혼자 여기 서서 지난날을 그리네

고향 마을 곳곳에 우리의 유년 시절 추억이 서려 있다. 골목길의 언저리, 학교 운동장, 시냇가, 마을 수호목인 느티나무, 뒷동산, 그리고 땔감을 하러 다리에 쥐가 나도록 올랐던 뒷산 등. 그렇지만 우리 또래에게 가장 많은 추억이 담겨있는 공간은 ㅍ의 작은방과 마당이다.

추억과 오늘 ·
고향에 들를 때마다 ㅍ의 집이 있던 곳으로 눈길이 간다. 집은 사라지고 이웃이 축사를 지어 사용하다 지금은 그대로 방치되어 있다. 유년 시절 우리들의 추억 공간이 사라지는 듯하여 쓸쓸했다.

작은 숲지기의 꿈

11.

벚꽃 만발한 봄밤의 추억, 버들피리

중학교 2학년 새 학기, 음악을 가르쳐 주시던 ㅍ선생님이 학교를 그만두시자 미술을 담당하시던 ㅊ선생님이 일주일에 두 시간 음악을 담당하셨다. 아무래도 선생님의 전공이 아니다 보니 음악 시간은 건전가요를 배우는 수업으로 진행되었다.

선생님이 건전가요를 칠판에 적어주시면 우리는 음악책 빈 여백에 그 노래를 열심히 적고, 선생님이 선창하면 따라 불렀다. 「갑돌이와 갑순이」, 「새색시 시집가네」, 「석별의 정」, 「노래는 즐겁다」 등 많은 건전가요를 배웠다. 전석환 선생님의 건전가요가 많았는데, 내가 유독 좋아했고 지금도 기억에 또렷한 노래는 「버들피리」였다.

산들바람 불고 달빛 찬란한 무릉도원 강가에
버들피리 소리 들려 올 때면 그리운 내 사랑은 온다
퐁당 은물 위에 돌 던지고 방긋 웃어주던 그대 얼굴
저 버들피리 소리 들려 올 때면 그리운 내 사랑은 온다

이 노래를 좋아하게 된 것은 고향의 봄 분위기 때문이었다. 고향 마을의 초등학교는 역사가 오래된 만큼 아름드리 벚나무들이 학교를 둘러싸고 있었다. 해마다 사월 중순이 되면 꽃등을 달아놓은 것처럼 학교는 온통 꽃대궐이었다. 벚꽃의 화사한 모습은 진초록 양탄자처럼 펼쳐진 들녘의 보리와 묘한 대조를 이루며 한 폭의 동양화를 이루었다.

벚꽃이 피기 시작하면 우리는 앞산 옆구리에 자리하고 있는 연못에 낚시하러 갔다. 대나무를 자르고 학교 앞 문방구에서 구입한 낚싯줄과 찌를 달았다. 그리고 두엄더미에서 지렁이를 잡아 연못으로 가면 고요한 수면 위로 연초록 산그늘이 내려앉았다. 잔잔한 봄바람은 깃털 같은 흔적을 남기며 스쳐 지났다.

꽤 오랜 시간 낚싯대를 드리워도 물고기는 우리를 얕잡아 보는지 미끼를 물지 않았다. 고작 버들치 몇 마리가 전부인데 벌써 저녁 어스름은 밀려들었다. 마침 보름이 가까

작은 숲지기의 꿈

운 시기라 달이 떠올라 어둠을 상쇄시켜 주었다. 달빛 아래 우리는 시간 가는 줄 모르고 낚싯대를 드리우고 기다렸으나 밤이라 별 소득이 없었다.

산새들의 울음이 간간이 들리고 개구리 소리는 점점 커지기 시작하였다. 우리는 비로소 자리를 털고 일어나 왔던 들길을 되돌아왔다. 들녘은 온통 청보리 천지였다. 돌아오는 들길에서 바라본 초등학교는 달빛 아래 눈부시게 빛나고 있었다. 그 환한 꽃대궐은 우리의 밤길을 안내하는 등대와 같은 길잡이가 되었다.

잔잔한 연못 위의 둥근달, 봄밤의 포근함이 배고픔을 잊게 했던 훈훈하고 넉넉했던 저녁 시간, 들길에서 바라본 꽃대궐은 봄밤이 준 잊지 못할 선물이었다. 이러한 추억 깊숙한 곳에 「버들피리」가 있다.

추억과 오늘 ····································

그날 저녁 집으로 돌아온 나는 아버지께 꾸중을 들었다. 밤이 되었는데도 집에 들어오지 않아 걱정을 시켰다고. 그때 나와 함께 했던 친구들도 부모님께 꾸중을 들었을 것이다. 그러나 그날처럼 추억에 남을 밤을 다시 경험한다는 것은 어려울 것이다. 지금도 눈을 감으면 한 폭의 수채화처럼 그날 밤의 모습이 생생하게 그려진다.

제2장

떠남과 슬픔의 뒤안길을 보듬으며

01.
우정의 공간을 떠나는
아쉬움 담고, 아니야

1976년 5월에 있었던 체력장 사건으로 교장실에 불려가 심한 꾸중을 들은 이후 교장 선생님에 대한 반감이 컸다. 학생의 잘못이 아닌 담당 선생님의 편애로 시작된 일인데, 나를 비롯하여 몇 명의 학생을 교장실에 불러 윽박지르고 꾸중한 일은 청소년기의 우리에게 반감을 불러일으켰다. 그래서 우리는 학교에서 교장 선생님이 보이면 일부러 피하였다.

그해 늦가을이었다. 우리 반 대여섯 명은 수업을 마치고 교문 밖 특별 구역에서 청소하고 있었다. 낙엽으로 뒤덮인

작은 숲지기의 꿈

하수구를 괭이로 파내는 작업을 하고 있었는데, 교장 선생님이 뒷짐을 지고 우리가 청소하는 곳으로 걸어오셨다. 그 당시 학생들 사이에서 교장 선생님 별명은 '두꺼비'였다. 누가 지었는지는 모르지만 별명처럼 얼굴 모습이 두꺼비를 닮아 보이는 것은 사실이었다. 앞으로 툭 튀어나온 이마와 부리부리한 눈매 그리고 얼굴빛이 비슷하여 그렇게 부른 것 같았다.

청소하던 우리는 교장 선생님이 가까이 다가오자 꾸벅 고개만 숙이며 인사를 하였다. 그리고 우리가 하던 일을 계속하였는데, 그때 옆에 있던 친구 한 명이 "얘들아! 여기 두꺼비 한 마리가 있는데 확 밟아 버릴까?"하는 것이 아닌가? 그러자 그 말을 들은 교장 선생님은 "얘들아 두꺼비 밟지 말고 살려두거라"하셨다. 우리는 웃음을 참지 못하고 키득거리며 웃었다. 영문도 모르는 교장 선생님은 어리둥절하셨다. 그리고 비가 내려도 물이 잘 빠지도록 조금 더 깊게 도랑을 파라고 하시고는 학교 안으로 들어가셨다.

교장 선생님이 돌아가시고 난 뒤 우리는 실컷 웃었다. 사실 나는 그때 그 도랑에 두꺼비가 있었는지 확인하지는 못하였다. 다만 있었을 것이라고 믿을 뿐이었다. 그리고 그 친구가 하필 왜 그때 그 말을 했는지 짐작만 할 뿐이다.

중3 늦가을이 저물고 초겨울 눈발이 날리기 시작하면서 우리는 3년 동안 몸담았던 중학교 교정과 이별을 준비하고 있었다. 소소한 일들이 추억으로 자리 잡았던, 깡촌들의 쉼터이자 우정의 공간인 고향의 중학교 시절을 마감하는 그 해 겨울 흐르던 조경수의 「아니야」는 우리들의 헤어짐을 더욱 안타깝고 섭섭하게 하였다.

이 노래는 전주곡부터 나의 마음을 바짝 긴장하게 하였다. 그리고 굵직하면서도 허스키한 듯한 조경수의 목소리는 분위기를 더 애잔하게 하였다. 그 시절, 이 노래가 좋아 겨울방학 동안 집에서 라디오 채널을 이리저리 돌리는 수고를 아끼지 않았다. 산에 땔감을 하러 가서도 12시 20분쯤 시작하는 '정오의 희망곡'을 놓치지 않기 위해 험한 산길을 허겁지겁 내려오기도 하였다. 오직 이 노래가 방송을 탈까 하는 기대 때문이었다.

추억과 오늘 ·
이른바 '체력장 사건'의 전말은 이랬다. 체력장에서 다른 종목을 다 마친 우리 반 남학생들이 오래 달리기하는 곳에 먼저 왔는데, 개성이 강한 영어 선생님이 늦게 온 자기네 반 학생들을 먼저 시켰다. 그래서 우리가 항의하니 당연하다는 듯이 "내 마음이다"라고 하였다. 그래서 우리가 "우리도 마음대로 할까요?"하니 그렇게 하라고 하여 나와 우리 반 남학생 몇 명은 남은 오래달리기를 하지 않고 집으로 갔다.

다음 날 오전 교장실에 불려가 "머리에 쇠똥도 벗겨지지 않는 놈들이 선생님께 반항을 해!"라며 화난 표정의 교장 선생님께 심한 꾸중을 들었다. 심지어 퇴학까지 거론하며 윽박질렀다. 우리는 묵묵히 듣고 있다 교실로 가라는 말씀을 듣고 교실로 돌아왔다.

02.
떠남과 이별의
출발선에서, 우정

　1970년대 졸업 풍속도는 지금과 확연하게 달랐다. 그 시절 산골 마을에는 부모님들이 졸업식에 참석하지 않는 것이 당연지사처럼 여겨졌다. 다만 선배들로부터 전해지는 전통이 있었다. 그것은 졸업하는 선배들에게 후배들이 간단한 선물을 하는 것이었다.

　그 시절 후배들이 선물해 줄 수 있는 것으로는 작은 성냥이나 하나에 2원 정도 하던 펜촉 정도였다. 중학생이 되면 잉크와 펜촉을 사용하기에 그것을 선물한 것 같은데, 작은 성냥은 왜 선물하는지 그 이유도 모르고 선물하였다.

　나도 4학년부터 동네 형들에게 선물한다고 아버지를 졸

　　　　　　　　　　　　　　　　　작은 숲지기의 꿈

라 펜촉과 작은 성냥을 샀다. 졸업식을 마친 선배들에게 펜
촉을 나누어 주고 작은 성냥도 전해 주었는데, 그해 졸업식
날은 너무 추웠다. 그래서 학교 목조건물에 붙어 있는 함석
으로 만든 빗물관에 낙엽을 넣고 불을 피워 손을 쬐다 선생
님께 발각되었고, 교무실에 불려가 엄청 혼났다. 일본식 목
조건물이었는데 만약 불씨가 검은 기름칠을 한 나무판에
옮겨붙었으면 어찌 되었을까? 지금 생각해도 아찔한 순간
이었다. 하마터면 학교를 태운 방화범이 될 뻔하였다.

　고향에 중학교가 없던 시절 초등학교를 졸업하고 읍내
중학교로 진학하는 사람은 전체 졸업생의 10%도 되지 않
았다고 한다. 읍내 생활비와 학비를 산골의 궁핍한 살림으
로는 도저히 감당할 수 없기 때문이었다. 나보다 5살 위인
큰형도 공부를 잘 하였는데 집이 가난하고 동생들이 많아
결국 읍내 중학교 진학을 포기하였다.

　고향 어른들은 우리 면 소재지에 중학교를 세워 달라는
민원을 교육청에 꾸준하게 제기하였다. 그 시절 우리 고향
에는 초등학교 5개 교가 있었고 학생 수도 많았다. 그런데
중학교가 없어 많은 초등학교 졸업생들이 중학교 진학을
포기하고 도시로 나가거나 집에서 부모님의 농사일을 도
왔다.

　오랜 민원제기 끝에 마침내 중학교의 개교가 결정되었

는데, 학교를 지을만한 넓고 안정적인 장소가 없었다. 중학교는 면 소재지에 가까이 지어야 하는데 산골이다 보니 면 소재지 주변에 운동장과 교실을 지을만한 넓은 공간을 확보하기가 어려웠다. 그래서 면 소재지에서 조금 떨어진 곳에 학교 터가 결정되었다.

문제는 학교터로 결정된 곳이 공사하기 어려운 비탈진 밭이었다. 교육청에서는 고향 학부모님들에게 도움을 요청하였고 학부모님들은 두 팔을 걷어붙이고 앞장서서 학교 터 만드는 일에 앞장섰다. 오직 자녀들의 중학교 진학이 가능하다는 사실에 큰 위안과 기쁨을 안고서. 마을마다 순번을 정하여 교대로 참여하여 학교 터를 조성하였다. 우리 부모님도 이 일에 기꺼이 동참하였다.

교육청의 지원과 부모님들의 헌신으로 1971년 3월 11일 고제중학교가 개교하였다. 그러나 고향에 중학교가 있어도 여러 사정으로 진학하지 못하는 동창들이 많았다. 초등학교를 졸업할 때 눈물을 흘리는 여학생들이 많았는데 학교를 떠나고 친구들과 헤어지는 것이 아쉽고 섭섭하여 눈물을 흘리기도 하였지만, 초등학교에서 배움이 마무리기에 더 서럽게 울어 보는 이의 마음을 아프게 하였다.

중학교 졸업식을 마친 2월의 어느 날이었다. 그 시절 KBS 거창 라디오 중계소에서는 매일 12시 뉴스가 끝나면

'정오의 희망곡'을 방송하였는데, 희망곡 신청은 사연과 함께 엽서에 적어 우편으로 보내는 방법이었다. 이날도 산에서 땔감을 한 짐 하여 집으로 돌아와 '정오의 희망곡'을 듣는데, 방송 중간쯤 '졸업한 중학교 친구들과 함께 듣고 싶다'는 아나운서의 사연 소개와 함께 누군가 신청한 노래를 들려주었다. 바로 이숙의 「우정」이었다.

  오 사랑하는 친구 즐거웠던 날들
  꽃 피고 지는 학원 꿈 같이 지냈네
  세월은 흘러가고 작별의 날이 왔네
  젊은 새처럼 높이 다 같이 날으네
  우리들의 우정을 깊이 간직하자
  행운을 빌며 안녕 친구여 안녕

　　나는 '정오의 희망곡' 시간에 이 노래를 처음 들었다. 그렇지만 이 노래를 듣는 순간 그대로 마음에 와닿으며 앞으로 만날 수 없는 친구들 생각에 아쉬움과 안타까움이 더해졌다. 그 후 내 인생에서 몇 번 졸업식이 있었다. 그때마다 이 노래를 떠올렸는데, 그럴 때면 울면서 골목길을 걸어가던 초등학교 동창들의 모습과 중학교를 졸업하고 한 번도 만나지 못한 친구들의 모습이 떠올랐다.

추억과 오늘 ·······························

2020년 2월, 나와 동창인 외사촌의 딸 결혼식이 부산에서 있었다. 그 결혼식장에서 중학교를 졸업하고 한 번도 만나지 못하였던 외갓집 동네 쪽 동창 몇 명을 44년 만에 만날 수 있었다. 오랜 시간이 지났음에도 중학교 시절의 얼굴이 아직 남아 있기에, 그들을 처음 보는 순간 누구인지 알 수 있었다. 그중에는 내 옆자리에 앉아 친하게 지냈던 친구 ㅂ도 있었는데 너무 반가웠다. 우리는 그동안 어떻게 살았는지 많은 이야기를 나누고 연락처를 주고받았다.

작은 숲지기의 꿈

03.

산골 소년의 우정 어린 선물, 친구야 친구

고향집 바로 아래 작은집이 있었는데, 그곳에는 어린 시절의 친구 ㄱ이 살았다. 이름은 여자 이름이었지만 체구가 다부진 친구였다. 나이는 나와 같은 소띠인데 한 해 늦게 입학하여 초등학교 1년 후배였다.

윗집, 아랫집에 살았기에 함께 지내는 시간이 많았고 친하게 지냈다. 그는 산에 땔감을 하러 가면 나뭇짐도 단단하고 야무지게 만들어 헐렁하게 대충 묶어 만드는 나와 대조를 이루었다. 그리고 딱지치기와 못치기를 하며 놀 때도 승부욕이 강했다.

ㄱ은 초등학교를 졸업하고 대구에 있는 공장으로 취직

을 하여 고향을 떠났다. 그리고 추석이나 설 명절에는 집으로 와서 친구들과 어울리며 그동안 직장 다니며 겪었던 이야기를 하였다. 내가 중학교를 졸업하던 해 설날은 눈이 많이 내렸다. 고향 마을 골목길이 미끄러워 조심하며 친구와 함께 이웃 어른들께 세배를 다녔다.

그렇게 우리와 어울리던 ㄱ은 초이튿날 오후 출근을 위해 대구로 나간다고 하였다. 그래서 나는 마을 앞 시골버스가 정차하는 곳까지 배웅을 나갔다. 신작로는 눈이 얼어 미끄러웠고 대덕산에서 불어오는 칼바람이 뺨을 스치며 지나갔다. 신작로에 서서 버스를 기다는데 그냥 보내기가 몹시 섭섭하였다. 그때 내 호주머니에는 20원이 있었는데, 나는 그 돈을 쥐고 도로 맞은편에 있는 마을 구멍가게로 가 물건을 살펴보았다. 그 돈으로 살 수 있는 것은 작게 포장된 딸기껌 뿐이었다. 딸기 그림이 그려있는 빨간 포장지의 껌을 사서 ㄱ의 손에 쥐어 주었다. 껌을 싼 빨간 포장지가 길 위의 하얀 눈과 대조를 이루며 선명하게 드러났다. 그 껌을 손에 쥔 그는 귀향객들로 가득 찬 빨간 줄이 굵고 선명한 완행버스를 타고 대구로 떠났다.

여보게 친구 웃어나 보게
어쩌다 말다툼 한번 했다고 등질 수 있나
아지랑이 언덕에 푸르러간 보리 따라

솔향기 시냇가에서 가재를 잡던
아하! 자네와 난 친구야 친구~

이 노래는 내가 중학교 3학년이던 1976년 하반기에 유행했던 노래이다. 겨울방학 때 고향에 남아 있던 친구들과 지게를 지고 산으로 가며 불렀다. 나는 이 노래를 부르면서 어렵게 생활하다 고향을 떠난 친구 ㄱ을 많이 생각하였다.

추억과 오늘 •
ㄱ은 어머니가 살아 계실 때는 명절마다 고향을 찾았다. 그러나 어머니가 돌아가시고 양아버지마저 고향을 떠나고 난 뒤에는 고향에 잘 들르지 않는다. 그러다 보니 자연스럽게 연락이 끊겼다. 친구들에게 수소문한 끝에 전화가 통하여 그동안 나누지 못했던 많은 이야기를 나누었다.

04.

슬픔의 긴 터널에서 만난,
잊지는 말아야지

1978년 봄 우리 가족에게 큰 슬픔과 아픔이 있었다. 나보다 2살 위인 둘째 형은 협화실업(나중에 코오롱건설과 합쳐짐)의 국도건설현장에 실습생으로 근무하느라 집을 떠나 있었다.

2월 하순, 형은 약을 먹었는데도 열이 떨어지지 않는다며 온몸에 열이 치솟던 채로 집으로 돌아왔다. 처음에는 심한 감기라 생각하고 집에서 약을 먹고 요양을 했는데 점점 상태가 심하여 거창적십자병원에 입원하였다.

병원에서는 병의 원인에 대해서는 말하지 않고 해열제

와 혈액만 공급하였다. 갈수록 나아지기는커녕 입술이 타들어 가고 더 심각해졌다. 열흘 정도 입원하다 차도가 없어 집에서 잠시 요양하다 3월 중순 대구의 병원으로 옮기는 택시 안에서 그만 20살 아까운 나이에 하늘나라로 떠나고 말았다.

형이 세상을 떠난 후 우리 가족이 건너온 슬픔과 고통은 말로는 다할 수 없었다. 하루하루가 고통과 슬픔의 연속이었다. 아버지는 고통과 슬픔을 술로 달래셨다. 술을 마시고 매일 밤 마루에서 울며 몸부림치셨다. 어머니는 이런 아버지를 지켜보며 속으로 울음을 삼키셨다.

토요일 내가 집으로 가면 죽은 형이 더 생각나는지 나를 붙들고 슬픈 울음을 토하셨다. 비가 내리는 날이면 땅에 묻은 아들의 몸에 빗물이 들어가 얼마나 춥겠느냐 하며 형이 묻혀 있는 앞산을 바라보고 통곡을 하셨다. 아버지의 모습을 곁에서 지켜보는 나와 동생의 슬픔 역시 말로 표현하지 못할 만큼 컸다.

4월 중순쯤 학교를 마치고 자취방에 오니 동생이 내려와 있었다. 책상 서랍에 넣어둔 가족사진을 보고 혼자 울고 있었다. 함께 한참을 울었다. 슬픔의 먹구름이 우리 집을 짙게 드리우고 우리 가족은 그 속에 그대로 침잠되었다.

아픔의 시간을 보내던 그해 늦가을, 고향집에 다녀오며

읍내 레코드 가게를 지나다 들은 물레방아의 「잊지는 말아야지」는 나의 슬픈 마음에 그대로 내려앉았다.

잊지는 말아야지 만날 수 없어도
잊지는 말아야지 헤어져 있어도
헤어질 땐 서러워도 만날 땐 반가운 것
나는 한 마리 사랑의 새가 되어
꿈속에 젖어 젖어 님 찾아가면
내님은 날 반겨주시겠지

노랫말은 평범하지만 헤어져 있어도 잊지 않겠다는 마음과 다음에 언젠가는 다시 만날 수 있을 것이라는 가사가 그때 내 마음에 아프게 와닿았다. 회자정리 거자필반(會者定離 去者必返)의 의미가 담겨있다고 할까? 그날 이후 이 노래를 들을 때면 큰 아픔에 짓눌려 지내던 그 시절이 떠올라 지금도 목이 메이곤 한다.

• •

부모가 죽으면 땅에 묻고 자식이 죽으면 가슴에 묻는다는 말처럼 아들을 떠나 보낸 아버지는 죽은 형을 가슴에 보듬고 술로 아픔을 달래시다 일흔 한 살의 나이에 한 많은 세상을 등지셨다.

05.

보내는 이의 슬픔,
웃으면서 보내마

　형을 잃은 고통을 술로 잊으려 하시던 아버지는 내가 집으로 가면 더 힘들어하셨다. 그래서 나는 아버지를 붙잡고 "제가 형의 몫을 다하겠다"는 다짐을 수차례 반복하였다. 그렇다고 자식을 잃은 큰 슬픔이 어찌 줄어들 수 있겠는가? 그래도 내가 아버지를 위로해 드릴 수 있는 말은 그것밖에 없었다. 그리고 부모님의 기대에 어긋나지 않기 위해 마음을 가다듬고 또 다짐을 하였다.

　이런 아픔을 겪으며 내 마음의 상처도 깊었다. 이 상처는 언제 어느 때이고 나의 마음을 헤집어 놓았다. 형의 흔적이 남아 있는 물건이 보이거나 주위 사람들이 형의 이야기를 하면 그 상처는 아프게 되살아나곤 하였다. 그래서 형이 남긴 물건을 하나둘씩 정리하였다. 우선 책이나 필기구를 정리하고 사진을 정리하였다. 마지막으로 건설현장에서 집으로 올 때 들고 왔던 트렁크에 담긴 옷을 정리하였다.

현장에서 입었던 회사 로고가 박혀있는 상의 근무복과 붉은색 바탕에 흰색 줄이 있는 티셔츠는 내가 입기로 하고 다른 옷들은 모두 태우기로 하였다. 트렁크를 들고 집 뒤 바위 위로 가서 옷을 펼쳤다. 속옷과 츄리닝 그리고 외출복이었다. 삭정이로 불을 피우고 형의 체취가 묻어 있는 옷을 하나둘 얹었다. 이 세상에 기쁨으로 태어나 20세의 짧은 나이로 가족에게 큰 슬픔과 아픔을 남기고 떠난 형의 물건과 영영 이별하는 시간이었다. 불 속에서 사그라들며 재로 변하는 옷을 보며 이제는 형을 떠나보내야 한다는 생각이었다.

휘몰아치는 바람속을 머리카락 날리며
떠나야 하는 너를 지금 웃으면서 보내마
기약 두고 떠나지만 눈시울이 뜨겁구나
아-아-아-아
긴긴날을 그대만을 생각하면서 다시 만날 그날을 위해
보내는 이 슬픔도 그리움도 참고 지내리

작은 숲지기의 꿈

휘몰아치는 바람속을 머리카락 날리며
떠나야 하는 너를 지금 웃으면서 보내마

그해 늦여름 토요일 밤, TV에서 이 노래를 들었다. 이 노래를 듣는 순간 마음을 할퀴고 가는 그 무엇이 있었다. 박상규의 「웃으면서 보내마」는 당시 내 마음을 너무나 잘 헤아린 노래였다. 다만 이 노래의 떠남은 만남을 기약할 수 있다는 점에서 나의 상황과는 달랐다. 그러나 우선 떠나보내야 한다는 전제는 일치했다. 그래서 이 노래를 잊을 수 없다.

· ·

형이 어디에 묻혔는지 마을 사람들과 친척들은 부모님이나 나에게 알려주지 않았다. 다만 덮고 있던 이불에 그대로 싸서 앞산 어디엔가 묻었다는 이야기는 어렴풋이 들었다. 그래서 비가 내리면 아버지는 앞산을 향하여 통곡을 하셨다. 세월이 흐른 뒤 어머니와 함께 면 소재지에 볼일이 있어 걸어간 적이 있었다. 그때 학교 앞을 지나자 어머니는 앞산 아래를 손으로 가리키시며 "네 형이 저쪽 어디쯤 묻혀 있다고 하더라"고 하셨다. 누구에게 들었냐고 묻지는 않았다. 내가 묻게 되면 어머니의 아픔이 덧날까 하는 걱정에서였다.
어느 해 추석날 형과 친하게 지냈던 동네의 형이 나를 불렀다. 대뜸 하는 말이 "네 형 묻혀 있는 데 한 번 가봤나?"였다. 나는 당황하여 아직 가보지 못하였다고 하니, "아무리 몽달귀신이지만 그래도 명절이 되면 찾아가야지"하며 눈시울을 붉혔다. 순간 아픔과 미안함이 쓰나미로 밀려들었다.

이규태 선생님이 쓴 '꼬까삐와 난달래'에는 이런 내용이 있다. 우리 산하에 진달래꽃 피는 계절이 오면 마을의 처녀들은 산이나 들로 다니며 주인 없는 무덤가에 진달래꽃을 꺾어 바친다고 하였다. 이것은 소금장수나 방물장수로 객지를 떠돌다 죽어 고향으로 돌아가지 못한 외로운 영혼을 위로하는 우리의 아름다운 봄 풍속이라는 것이다. 이 글을 읽으며 고향 앞산에 묻혀 있지만 찾는 사람 없어 형체마저 사라졌을 형의 무덤을 떠올리며 나는 심한 죄책감에 시달렸다.

06.

위로와 설렘의 시간,
편지

1978년 고2의 여름방학은 고향집에서 지냈다. 형을 잃은 아픔에 집안 분위기는 슬프고 우울하였지만 아픔에서 벗어나기 위한 부모님의 의지로 조금씩 나아지고 있었다. 마을 친구분들은 부모님을 위해 일부러 시간을 내어 합천 해인사에 데려가기도 하고, 작은 구실을 만들어 부모님을 밖으로 불러내 함께 어울렸다. 그리고 여름철로 접어드니 부모님의 손길을 기다리는 농작물이 많아 들에서 보내는 시간이 많아졌다.

나는 부모님을 도와 드리기도 하였는데, 부모님은 나에게 일을 시키지 않으려 하였다. 평상시 집안일을 도맡아 하였던 죽은 형에 대한 미안함 때문에 그러시는 것 같았다. 그것이 나의 마음을 더 아프게 하였다. 나는 틈틈이 집안일을 돕기 위해 주위를 살피며 자발적으로 움직였다. 어느 날, 아버지께 말씀드려 읍내 서점에서 구입한 세계문학전집 중 '파우스트'를 읽었다. 어려웠지만 포기하지 않고 다 읽기 위해 분투하였다.

그때 단발머리 한 소녀를 만났다. 그 여학생은 내가 힘들어할 때 법정 스님의 '무소유'와 편지를 전해 주며 나를 위로해 주었다. 나중에는 '서 있는 사람들'을 읽으라고 건네주기도 하였다. 책 뒷면에는 밀짚모자를 쓰고 산길을 걸어가시는 뒷모습이 인쇄되어있는 인상 깊은 책이었다. 나는 법정 스님의 책을 통하여 많은 위로를 받았는데, 죽음과 삶, 그리고 인생에 대하여 많은 생각을 하게 되었다. 고향 집에서 그녀에게 편지를 썼다.

편지를 쓰고 봉투에 넣어 마을 앞 작은 가게에서 우표를 붙여 벽에 걸린 빨간 우체통에 넣었다. 그리고는 기다림의 시간이 이어졌다. 그 시절에는 편지가 가는데 3-4일의 시간이 걸렸는데, 같은 고장이라 조금 더 빨리 갈 수 있을 것이라는 기대감에 한껏 부풀어 있었다. 어느 시인은 그 기다림의 시간을 '발효의 시간'이라 하였다.

내가 보낸 편지가 가는데 3일, 편지를 받은 소녀가 편지를 쓰는 데 하루나 이틀, 오는데 3일, 이런 계산을 하고는

작은 숲지기의 꿈

일주일이 지난 날부터 우리 마을에 우편물을 전해 주는 우체부 아저씨를 기다렸다.

작은 키에 자상한 모습의 아저씨는 우리 마을에 오래 다녀 내가 어느 집에 살고 누구의 아들인지 잘 아는 분이었고 우리 고향 일대를 꿰뚫고 있는 분이었다. 매일 오전 10시쯤 우리 마을에 오시기에 그 시간에 맞추어 느티나무 아래에서 기다렸다. 마을은 길이 비탈이라 가게 앞에 자전거와 무거운 가방은 두고 우리 마을 우편물만 손에 들고 오르막길을 올라오셨다. 나에게 온 편지는 없냐고 물으니, 웃으며 없다고 하셨다. 그렇게 며칠이 지났다.

어느 날, 학교 운동장으로 내려가는데 우체부 아저씨가 불렀다. '자네에게 편지가 왔네'하시며 분홍색이 연하게 스며있는 두툼한 편지봉투를 주셨다. 나는 편지를 들고 단숨에 고향집 옆 플라타너스 나무 아래로 달려가 편지봉투를 열었다.

'미지의 벗에게'란 호칭으로 시작되는 눈에 익은 글씨가 분홍색 편지지 위에 촘촘하게 쌓여 있었다. 편지를 읽는 마음은 분홍색 편지지 색깔이었다. 왕매미 소리 더 힘차고 플라타너스 넓은 잎사귀들이 팔월의 골바람에 몹시도 흔들렸다.

말없이 건네주고 달아난 차가운 손

가슴속 울려주는 눈물 젖은 편지
하이얀 종이 위에 곱게 써 내려간
너의 진실 알아내곤 난 그만 울어 버렸네
멍뚫린 내 가슴에 서러움이 물들면
떠나버린 너에게 사랑 노래 보낸다.

어니언스의 「편지」는 그로부터 몇 년의 세월이 흐른 뒤 듣게 되었다. 이 노래를 듣는 순간 요즘 표현대로 필이 꽂혔다. 그리고 1978년 분홍빛 넘실대던 그 여름이 파노라마처럼 아스라이 펼쳐졌다.

추억과 오늘 ·····································

노래방이 한창 유행하던 시절 내가 노래방에 가면 자주 부르던 노래가 「편지」였다. 이 노래를 부르는 그 시간만큼은 고2의 풋풋한 시절로 되돌아간다.

작은 숲지기의 꿈

07.

수학여행의 으뜸 노래, 오동잎

　1978년 가을, 2학년이 되어 애타게 기다리던 수학여행을 떠났다. 여행을 떠나기 전 친구들과 돈을 모아 읍내 사진관에서 미놀타 자동사진기를 빌렸다. 새벽에 출발한 버스는 경주 천마총으로 향했는데, 버스 한 대에 한 반이 배정되다 보니 2개의 의자에 3명이 함께 앉아야 했다. 노선을 운행하던 직행 버스를 대절하여 한 대에 60명이 넘는 학생들과 선생님 두 분 그리고 안내양까지 함께 탔기에 그럴 수밖에 없었다.

　나는 ㅇ,ㅈ과 함께 자리를 번갈아 가며 앉았다. 피곤할 때는 함께 앉기도 하였는데 그때는 엉덩이의 1/3만 의자에

걸쳐 있었다. 그래도 즐거운 마음으로 학교를 떠난 자유로
움을 마음껏 즐겼다. 경주에 도착하니 은행잎과 단풍나무
들이 벌써 물들고 있었다. 천마총과 경주박물관을 관람하
고 꼬불꼬불 동해안 길을 따라 강릉으로 향했다. 내륙에서
만 지내다 드넓은 동해를 바라보니 움츠렸던 마음이 탁 트
이는 듯하였다.

　따사로운 가을 햇살을 받으며 끊임없이 포말을 풀어헤
치는 동해의 환영을 받으며 경주를 출발한 5대의 버스는
북쪽을 향해 줄기차게 달렸다. 쉬지 않고 달리던 버스는 작
은 읍 정도 되는 거리를 지나쳤다. 창문 밖을 보니 교복을
입은 학생들의 모습이 보였다. 아마 오후 4시 넘은 시간이
아닐까 생각한다. 가방을 들고 귀가하는 여학생들의 모습
이 보이자 바로 우리 앞을 달리던 버스에서 하얀 종이 눈
이 휘날렸다. 그러자 우리 반 학생들도 '와'하며 교복 주머
니에서 쪽지를 꺼내 창문 밖으로 던지는 것이 아닌가? 그
제야 나는 그것이 무엇인지 알았다. 여행을 떠나기 전 우리
반 학생들이 공책을 잘라 무엇인가 적으며 나중에 필요하
니 나에게도 만들라고 했다. 그 종이쪽지에는 주소와 이름
이 적혀 있었는데, 그렇게 만든 쪽지를 호주머니에 넣어 두
었다가 여학생이 지나는 곳에 집중 살포하였다. 앞차에서
던진 쪽지는 우리 반 버스 앞 유리에 부딪혀 날아가곤 하였
다. 그때 급우들이 쪽지를 살포한 지역이 영덕이나 평해가

아니었을까 추측된다.

　하루종일 동해 바닷길을 달리며 바라본 모습은 인상적이었다. 동해 정경에 어느 정도 익숙해지자 반장이 일어나 장기자랑을 유도했고 반 학생들이 돌아가며 노래를 부르기 시작하였다. 우리 반만 부르는 것이 아니라 앞 반의 차들도 흔들리기 시작하였다. 아마 노래를 부르며 춤도 추기에 그런 것 같았다. 우리 반도 뒤질세라 노래와 춤으로 분위기를 돋웠다. 다른 반에 지기 싫은 마음으로 노래를 부르고 또 부르며 순서도 없이 몸을 흔들어대는 막춤을 추었다. 그때 가장 많이 불렀던 노래가 최헌의 「오동잎」이었다.

　　오동잎 한 잎 두 잎 떨어지는 가을밤에
　　어디선가 들려오는 귀뚜라미 울음소리
　　고요하게 흐르는 밤의 적막을
　　어이해서 너만은 싫다고 울어대나
　　그 마음 서러우면 가을바람 따라서
　　너의 마음 멀리멀리 띄어보내 주려무나

　낮이 짧은 가을이라 울진의 성류굴을 거쳐 강릉에 도착하니 밤이 어두웠다. 늦은 저녁을 먹고 여관방에서 친구들과 이야기를 나누다 잠이 들었다. 새벽에 일어나 아침 식사를 하고 오죽헌과 경포대를 관광하고 용인으로 향하였다.

구절양장 대관령의 단풍은 장관이었다. 비에 젖은 단풍은 더욱 선명한 빛깔로 우리 일행을 환영해 주었는데, 우리는 옷소매로 창문의 습기를 닦아가며 대관령의 절경을 훔쳐보았다.

오후에 용인자연농원(現 에버랜드)에 도착하였다. 입장만 시켜 주고 놀이기구는 각자 알아서 타라고 하기에, 우리는 주변의 풍광을 감상하며 사진도 찍었다. 그리고 가을비에 떨어진 은행잎을 밟으며 늦가을의 정취를 즐겼다.

자연농원을 출발하여 서울로 가는데 다시 비가 내렸다. 우리 학교 수학여행단 버스 다섯 대는 서울 시내로 접어들며 각자 고아가 되었다. 신호에 걸리기도 하고 버스 기사들이 서울의 지리를 잘 몰라 많이 헤매기도 하였다. 그래도 우리 5호 버스는 9시쯤 여관에 도착하였는데 다른 버스는 소식이 없었다. 10시가 되니 다른 반 학생들과 선생님들이 도착하였다. 나중에 이야기를 들어보니 길눈도 어두운데 빗길 접촉사고까지 나 늦었다는 것이다.

밤 10시 넘은 시간에 식은 밥과 국으로 저녁 식사를 하였다. 굳어버린 잡채를 씹는데 맛이 엉망이었다. 찬밥을 늦게 먹은 것도 서러운데 불량학생들이 방마다 다니며 소란을 피우는 바람에 서울의 밤은 낭만과 추억의 밤이 아니라 기억하고 싶지 않은 밤이었다.

다음 날에도 비가 내렸다. KBS와 동작동 국립묘지, 통일

작은 숲지기의 꿈

전망대, 천안 좌불상, 아산 현충사에도 들렀다. 그리고 고향을 향해 빗길을 달리는데, 수학여행 마지막 날이라 그런지 학생들은 발악하듯 노래하고 춤을 추었다. 10대 후반, 인생의 한 페이지를 장식할 잊지 못할 추억을 만들려는 듯 온 힘을 다하여 흔들었다. 그 율동에 버스는 심하게 요동쳤다.

추억과 오늘 ‧‧‧
여행을 다녀온 후 일주일쯤 지나 우리 반에서 두어 명 정도 동해안 지역의 여학생에게서 편지를 받았다는 이야기가 있었으나, 그것이 사실인지 뻥인지 확인할 수 없었다.

08.
7O년대 끝자락의 위안,
내일은 해가 뜬다

학창 시절 중 고등학교 시절이 가장 돌아가고 싶은 시절이라고 말하는 사람들이 있다. 그러나 나의 고교 시절은 마지막까지 슬픔을 안겨 주었다. 성탄절을 며칠 남겨놓지 않은 12월 하순, 학생부 선생님들이 교실에 들이닥쳤다.

두 선생님은 교실 앞문과 뒷문을 막고 학생주임 선생님은 바리캉을 들고 앞자리부터 머리가 긴 학생들의 머리를 붙들고 고속도로를 내기 시작하였다. 중앙도 모자라 동서까지 개통하였다. 나도 중앙과 동서로 밀렸는데 여기에 반발한 뒷자리 동기 몇 명은 교실 2층 창문에서 화단으로 뛰어내려 도망쳤다. 우리 반 많은 학생들의 머리가 밀렸다.

작은 숲지기의 꿈

나는 이발소에 가서 군인보다 더 짧은 반삭 머리로 자를 수 밖에 없었다. 머리를 자르고 거울을 보니 분하고 억울한 마음이 복받쳐 올랐다.

다음 해인 1980년 1월 중순에 졸업식이 있는데, 졸업을 20여 일 남겨놓고 고3의 머리를 난도질하는 행위는 도저히 용납할 수 없었다. 아무리 70년대라 하더라도 학생들에 대한 작은 배려와 존중이 허용되지 않았던, 비민주적이고 존엄성을 무시한 폭력적인 그 사건은 지금도 잊을 수 없다. 아니 잊어서는 안 될, 우리들의 자존심과 인격이 철저하게 짓밟힌 사건이었다.

다음 날 아침 1교시 교련시간이었다. 교련 선생님은 예비역 대위 출신으로 하얀 얼굴에 깡마른 선생님이었는데, 학교에서도 늘 대위 계급장이 달린 군복을 입고 다니며 어색한 분위기를 만드는 신경질적인 선생님이었다. 교련 책을 이리저리 뒤지며 수업하는 사이 앞문이 확 열리며 까만 교복에 하얀 머리의 ㄷ이 가방을 옆구리에 끼고 들어왔는데, 스님처럼 하얀 빡빡머리를 하고 들어오는 것이 아닌가? 교련 선생님은 얼굴이 창백해지며 "야 인마 너 지금 반항한다고 이러는 거야?"하였다. 그리고 가까이 오라고 하더니 손을 들어 머리를 때리려고 하였다. 그러나 ㄷ은 몸을 피했다. 그러자 교련 선생님은 '이리와 인마, 하 이 새끼 봐라'하며 다시 잡으려 하였다. 그때 우리가 '우-우-우'하며 일어설 기세를 보이자 선생님은 눈치를 슬금슬금 살피더니 책과 출석부를 들고 "이 새끼들 이게 뭐 하는 짓이야"하며 교무실로 가 버렸다.

교련 선생님이 교무실로 가자 우리는 ㄷ의 빡빡머리를 쓰다듬었다. 쑥스러워하는 ㄷ의 모습에서 통쾌함을 느낀 우리 반 학생들은 전날 짓밟힌 자존심을 잠시 잊고 함께 웃었다. 쟈니리의 「내일은 해가 뜬다」는 그 시절 우리들의 쓸쓸한 자화상을 어루만지며 상처받은 우리의 마음을 위로해 준 노래다.

사노라면 언젠가는 좋을 때도 오겠지
흐린 날도 날이 새면 행복하지 않던가
한숨일랑 걷어차고 가슴을 쫙 펴라
내일은 해가 뜬다 내일은 해가 뜬다

노래 가사처럼 "사노라면 언젠가는 좋을 때도 오겠지"라는 기대를 가지고 70년대 끝자락에서 한 점 아쉬움도 없고 미련도 없이 고교 시절을 마무리하였다. 가장 아름답고 다시 돌아가고 싶은 시절이 되어야 할 그 소중한 시기가 이러한 사건으로 부정적으로 기억되는 슬픔, 그 슬픔을 위로받을 수 있었던 것은 우리들의 정서를 대변해 주는 이런 노래가 있었기 때문이다.

작은 숲지기의 꿈

추억과 오늘 ·

나는 지금 생각해도 그때 학생부 선생님들의 행동을 이해할 수 없다. 아무리 겨울 공화국의 잔재가 남아 있던 시절이라 하더라도 어찌 그렇게 융통성이 없었을까 하는 안타까운 마음이 든다.

09.

나의 사모곡,
보고 싶은 얼굴

2014년 2월, 경상대학교병원에서 어머니는 원인불명의 폐암 말기 선고를 받았다. 처음에는 응급실에서 여러 검사를 받았으나 별 이상은 없으셨다.

입원하시고 일주일 뒤에는 많이 좋아졌는데 기침이 멈추지 않았다. 마지막으로 등 뒤로 침을 찔러 폐의 조직을 떼어내는 조직검사를 하였는데 어머니는 담담하게 잘 견디어 내셨다. 그러나 나의 불안한 마음은 현실이 되었다.

원인불명의 폐암 말기라는 결과가 나왔다. 담당 교수가 나를 만나자는 순간 직감은 하였지만 막상 결과를 전해 들으니 참담하였다. 남은 시간은 약 6개월 정도 될 것 같다고

작은 숲지기의 꿈

하며 항암치료를 받을 것인가를 물었다. 나는 어머니 연세도 있으시니 고향집에서 편히 모시고 싶다고 하였다. 담당 교수도 공감하였다. 고생스럽게 항암치료를 받아도 크게 호전은 되지 않을 것이라 하며 처방전을 내어 줄 테니 약은 꼭 복용하라고 하였다.

어머니를 모시고 고향집으로 갔다. 집으로 가는 길은 온갖 상념이 교차하고 현실이 아닌 꿈속의 시간 같았다. 눈앞이 흐려지기도 하고 캄캄해지기도 하였다. 집으로 들어가서 그동안 세워 놓았던 집 짓는 계획은 취소하고 대신 빠른 시간에 고향집을 수리하기로 하였다. 시간이 걸리는 집짓기보다 빨리 수리하여 어머니가 평생 사셨던 쾌적하고 따뜻한 집에서 어머니를 계시게 하고 싶었다.

한 달 정도의 공사 끝에 집이 깔끔하게 수리되었다. 어머니 방이 깨끗하고 따뜻하게 꾸며지자 어머니를 모셨다. 그리고 색깔이 고운 이불과 요를 사 드렸는데 손으로 이불을 쓰다듬으며 좋아하셨다. 그때 아내가 동영상을 찍어 놓았는데 이것이 어머니의 모습을 다시 뵐 수 있는 소중한 영상으로 남아 있다.

벚꽃이 만발한 4월 초, 어머니를 모시고 부모님이 결혼하여 처음 살림을 나셨던 외갓집 윗동네에 들렀다. 어머니는 마을 앞에서 "옛날 우리가 살던 집이 지금은 없어졌는데 아마 저기쯤 될 것이다"하시며 마을 중간쯤 가리키셨다. 그리고 그 시절을 회상하셨는데, 가장 먼저 기억한 내용은 시부모님이 신혼집에 오셔서 한 달 넘게 돌아가시지 않아 애를 먹었다는 말씀이었다. 그 시절 가뜩이나 없는 살림에 어떻게 두 분을 모셨는지 지금 생각해도 잘 모르겠다고 하시며 회한 깊은 듯한 모습으로 마을을 올려다보셨다.

처음 살림나셨던 동네를 돌아보고 고향 마을 어른들이 봄나들이 가셨던 안의 농월정으로 갔다. 농월정으로 가는 길에도 어머니는 계속 감회에 젖어 옛이야기를 많이 하셨다. 농월정에는 벚꽃이 화사하게 만개해 있었다. 휴대폰으로 사진을 찍으려 하니 웃는 모습에 깊은 슬픔이 담겨있는 듯하여 가슴이 미어졌다. 농월정에서 잠시 쉬다 마이산으로 갔다.

마이산은 벚꽃이 늦게 피는 곳이기에 아직 만개하지는 않고 조금씩 꽃봉오리가 열리고 있었다. 천천히 걷는데도 힘들어하시기에 호수 아래까지 갔다가 돌아올 수밖에 없었다. 돌아오는 길 중간에 젊은 여승 두 사람이 목탁을 두드리며 탁발을 하고 있었다. 어머니는 주섬주섬 허리춤에서 주머니를 꺼내 꼬깃꼬깃 접어 넣어두었던 지폐를 꺼내어 시주하고 합장을 하셨다. 이 세상과 하직할 때가 가까이 왔음을 아시고 극락왕생을 기원하는 모습이 아닐까 하는 생각에 나는 마음이 몹시 착잡하였다.

진안을 출발하여 전주 한옥마을 민박집 방에 짐을 풀고

작은 숲지기의 꿈

주위를 천천히 둘러보았다. 봄이라 그런지 젊은이들이 화사한 모습으로 한옥의 정취에 취해 있었다. 어머니는 조금 걷다 찻집 야외 의자에 앉아 지나는 젊은이들을 하염없이 바라보곤 하셨다.

'어떤 마음으로 저 젊은이들을 바라보실까?'하고 생각하니 마음이 저리고 또 저렸다. 선물 가게에 들러 무엇이든 사 드리고 싶었으나 어머니는 한사코 필요 없다며 거절하시더니 나무로 만든 빗을 하나 고르셨다. 저녁 식사는 전주비빔밥으로 준비해 드렸는데 맛이 있다고 하셨다. 식사 후 민박집으로 돌아가 많은 이야기를 나누었다. 우리 형제의 어린 시절 이야기, 젊은 시절 아버지 이야기, 외갓집 이야기 등 그동안 내가 듣지 못했던 이야기들을 들려주셨다. 특히 "막내이자 외동딸로 태어나 아버지한테 늦게까지 업혔는데 등이 넓고 따뜻하여 좋았다"는 말씀을 하시며 깊은 회한에 잠기기도 하셨다.

다음 날 아침 식사는 전주 콩나물국밥을 드시게 하고 남원 광한루로 갔다. 그곳에서 활옷(전통 혼례 때 새색시가 입는 예복)을 빌려 전문 사진사에게 부탁하여 사진을 찍어 드렸는데 슬픈 표정을 지으시면서도 수줍어하셨다. 광한루를 천천히 둘러보고 점심식사 후 고향집에 어머니를 모셔 드리고 진주로 나왔다. 돌아오는 발걸음이 몹시 무거웠다.

그해 7월 하순, 어머니를 모시고 함양 마천 금계마을로 갔다. 병세가 심하여 잘 드시지 못하는 어머니가 조금이라도 편히 쉴 수 있도록 하기 위해서였다. 민박집에서 이틀 보내고 이튿날 남원 인월장에 가서 필요한 것을 사고 함양으로 나와 어머니가 좋아하시는 짬뽕을 시켜 드렸는데 많이 드시지 못하였다. 오후에 집으로 모셔 드리고 진주로 나오려는데, 어머니는 급히 가지 말고 하룻밤 고향집에서 자고 가라고 하셨다. 평소 같으면 어둡기 전에 빨리 가라고 하였는데 이날은 나를 만류하셨다. 그러나 나는 어머니의 말을 듣지 않고 진주로 돌아왔다. 돌아오면서 얼마나 후회하였던지! 어머니가 함께 있고 싶을 때 곁에 있지 못한 일이 지금도 깊은 회한으로 남는다. 되돌리고 싶다면 바로 되돌리고 싶은 간절한 마음이다.

8월 중순, 미국의 동생이 어머니를 뵙기 위해 한국에 나왔다. 형제가 모두 모여 저녁 식사를 하고 진양호 주변 팬션에서 어머니와 함께 지냈다. 이튿날 새벽 방에 계시던 어머니가 거실로 나오셔서 '나 죽더라도 너희 형제 사이좋게 지내거라'하시며 울먹이셨다. 그 말씀이 유언이라는 것을 우리는 알았다. 아침 식사를 마치고 큰형이 어머니를 모시고 고향으로 들어가기 전 동생은 어머니와 이승에서 마지막 작별 인사를 하였다.

병원에 입원하신 어머니는 세상을 떠나시기 전 고향집에 몹시 가고 싶어 하셨다. 나에게 몇 번이고 고향집으로 옮기고 싶다는 말씀을 하셨지만 나는 어머니의 건강이 염려되어 안 된다고 하였다. 어떤 날은 너무 간곡하게 말씀을 하시길래 집으로 모셔 사용할 휴대용 산소 호흡기까지 알아보았으나 그게 쉽지 않았다. 다시 간곡하게 말씀하시기에 담당 의사에게 부탁하여 산소 포화도 검사를 받고 2시간 정도의 허락받아 고향집으로 갔다. 집에서 목욕을 하시고 옷장에서 그동안 입지 않던 새 옷을 입고 나에게 괜찮냐고 물어보셨다. 나는 예쁘다고 하면서도 목이 메어 울음을 속으로 삼켰다. 나중에 알게 된 사실인데, 그때 어머니는 준비해 놓은 수의를 가족이 찾기 쉽도록 옷장 바깥으로 내어놓으셨다. 평생 사시던 집을 한 바퀴 돌아보시고는 이제 되었다 하셨다. 어머니는 평생을 사셨던 고향집에서 생을 마감하고 싶으셨는데 그것이 허락되지 않았다.

어머니가 세상을 떠나시기 이틀 전 병원에 들렀다. 산소 호흡기는 달고 계셨지만 앉아 계시는 모습이 꼿꼿하셨다. 내가 병실에 앉아 있으니 이런저런 이야기를 하시며 늦으면 안 된다고 빨리 가라고 재촉하셨다. 나는 할 수 없이 앉아 계신 모습을 휴대폰으로 찍고 병실을 나섰다. 이것이 어머니와 내가 이승에서의 마지막 만남이었다.

추석 연휴가 시작되는 첫날, 어머니는 다시는 돌아오시지 못할 먼 길을 떠나셨다. 세상을 떠나는 마지막 순간까지 자식들에게 부담 주지 않으려 하셨고, 나에게 아프다는 말씀, 힘들다는 말씀 한 번 하지 않으셨다. 어떻게 그렇게 의연하게 세상을 하직하실 수 있었는지, 나의 어머니지만 참으로 대단한 분이라는 생각이 들면서도, 아무도 지켜보지 못한 상황에서 고통스럽게 먼 길을 떠나시게 하여 죄스러운 마음이 떠나지 않는다.

어머니가 떠나신 후 어머니를 생각하지 않는 날이 없었다. 풀벌레 소리 영롱한 가을이면 어머니 산소에도 저렇게 풀벌레 소리 맑게 울려 퍼질까 하는 생각에 가슴이 미어졌다. 어머니는 나의 마음속에 언제 어느 때나 항상 살아 계신다. 어머니가 생각나는 날에는 최백호의 「보고 싶은 얼굴」을 연속으로 들었다.

눈을 감고 걸어도 눈을 뜨고 걸어도
보이는 것은 초라한 모습 보고 싶은 얼굴

어머니가 계시지 않으니 빈자리가 너무 크다. 최소 한 달에 한두 번 정도는 찾던 고향도 이제는 잘 가지 않게 된다. 어머니가 계실 때는 우리 집이란 개념이 분명하였는데, 계시지 않으니 왠지 손님이 된 느낌이랄까? 어머니의 존재가 우리의 깊은 뿌리라는 사실을 거듭 확인하게 된다.

작은 숲지기의 꿈

어머니가 우리 곁을 떠난 지 벌써 9년째 접어들고 있다. 세월이 흐를수록 잊혀져야 하는데 그렇지 않다. 아주 작은 부분에서도 어머니 생각이 나고 그리워진다. 살아 계실 때 조금이라도 더 보살펴 드렸어야 했는데 하는 후회감이 나를 옥죄어 올 때가 많다. 자식은 평소 부모의 마음을 제대로 헤아리지 못하는 선천적 청맹과니라는 생각이 요즘 들어 더 많이 든다.

제3장

한 걸음 더 나아가기를

01.

밤 들녘의 메아리, 보리밭

  고교시절 읍내에 방을 얻어 자취하던 가난한 시골 학생들의 살림은 간단하였다. 이불과 스폰지로 만든 요와 베개, 책상과 옷가지, 그리고 숟가락 젓가락, 냄비와 석유곤로가 전부였다. 이사할 때 리어카 하나만 있어도 충분한 살림이었으니 수행자의 살림살이라 해도 과언이 아니다. 형편이 이렇다 보니 간식이라는 말은 들어보지 못하였고 세끼 밥만 굶지 않으면 잘 사는 것이었다.

  그 시절 나의 일주일 생활비는 500원이었다. 고향에서 읍내까지 차비 100원, 석유곤로 1주일 연료 1되(2ℓ)에 150원, 고향으로 갈 차비 100원 정도였다. 그러면 150원 정도 남았다. 라면 1개의 가격이 20원이어서 심심찮게 라면으로 끼니를 때울 때도 있었던 것이 그나마 다행이라면 다행이었다. 라면도 하나는 부족하고 2개가 기본인데, 배고플 때는 3개도 끓여 보았다. 아끼려 해도 토요일이면 집에 갈 차비가 없어 읍내에 있는 친구에게 빌리고 월요일에 갚았다.

초봄과 가을 겨울에는 연탄불로 밥을 하고 늦봄과 여름에는 지금은 사라지고 없어 유물이 되어버린 곤로를 사용하였다. 쌀과 보리쌀을 반반으로 섞어 냄비에 안치고 밥을하면 보리밥처럼 되었다. 그래도 한창 먹성이 좋은 시기라이런 밥도 잘 먹었고 늘 밥이 부족하였다. 어떤 날 아침에는 도시락밥을 퍼 놓지 않고 아침밥을 먹다가 그만 점심 몫까지 다 먹는 바람에 도시락을 싸가지 못한 날도 있었다.

이렇게 2년을 보내고 어느 정도 자취 생활에 익숙한 3학년이 되었다. 내가 다니던 토목과는 1학년부터 계속 한 반으로 지내다 보니 반 친구들의 면면을 잘 알 수 있었다. 3학년이 되어 내 옆자리에 앉게 된 ㅅ은 우리 반에서 영어에관심이 많고 주관이 분명한 친구였다. 당시 영어 선생님은우리의 대선배로 신사 같은 분이셨는데, 그는 영어 시간을좋아하며 선생님께 질문도 많이 하고 잘 따랐다. 그리고 늘'성문핵심영어'를 끼고 다니며 공부에 집중하였다.

ㅅ은 내 옆자리에 앉았기에 이야기할 시간이 많았는데,이야기해보니 말이 잘 통하고 괜찮은 친구였다. 그는 마리

면에서 같은 토목과에 다니는 두 살 아래의 동생과 자전거로 통학을 하고 있었다. 그래서 고3이니 내방에서 나와 함께 자취하자고 제안하니 스스럼없이 그렇게 하자고 하였다. 그와 함께 자취하니 혼자 지내는 것보다 말벗이 되어 외롭지 않고 밥도 분담해서 하니 좋은 점이 많았다.

유월의 어느 밤이었다. 내가 잠시 밖에 갔다 돌아오니 방에 친구가 없었다. 한참을 기다려도 돌아오지 않아 그가 가끔 찾는 집 뒤의 들녘으로 나갔다. 나도 가끔 산책하는 곳으로 들이 넓었다. 밤이라 잘 보이지 않았는데 어디에선가 노래 소리가 들렸다. 가까이 가보니 그가 목청을 높여 노래를 부르며 걷고 있는 게 아닌가? 그때 그 친구가 부르던 노래가 「보리밭」이었다.

보리밭 사잇길로 걸어가면
뉘 부르는 소리 있어 나를 멈춘다
옛 생각이 외로워 휘파람 불면
고운 노래 귓가에 들려온다
돌아보면 아무도 보이지 않고
저녁놀 빈 하늘만 눈에 차누나

그해 가을 예비고사 원서를 쓰는데 나와 ㅅ만 일반계를 고집하다 교감 선생님께 불려가 실컷 꾸중 들었다. "준비도 안 된 것들이 일반계는 무슨 일반계냐"고 원서를 집어 던지며 화를 내셨다. 다른 선생님들이 지켜보는 가운데 개 망신을 당하였다. 그래도 우리는 굽히지 않았다. 결국 원서 를 쓰기는 했으나 교감 선생님 말씀대로 참패였다.

추억과 오늘 •
「보리밭」은 유월의 밤에 호젓한 모습으로 들녘을 거닐던 ㅅ의 이미 지와 언제나 푸른 청보리처럼 꿋꿋하게 살아가자는 나의 의지가 각 인된 노래이다. '옛 생각이 외로워 휘파람 불면'을 고음으로 발산하 며 밤 분위기를 고조시키던, 그때 그 모습이 지금도 이 노래에 선명 하게 남아 있다.

02.
불안했던 청춘의 소망,
어디서 무엇이 되어 다시 만나랴

　고교 시절의 나는 어떤 준비도 되어있지 않은 방황하는 영혼이었고 발 딛고 서 있는 현실은 별 하나 없는 캄캄한 밤이었다. 이러한 현실이다 보니 방황과 고뇌도 컸다. "나는 지금 무엇을 어떻게 해야 하나?"에 대한 구체적 방법도 제시하지 못하고 실천보다는 막연함에 함몰되어 있었다.

　이처럼 1,2학년은 허송세월을 보내고 고2 겨울방학이 가까워지니 그때부터 현실에 닥친 진로 문제가 나를 두렵게 하였다. 그리고 많은 시간을 고민한 끝에 내가 목표하고 있는 길은 지금 현실에서는 어려울 것이니, 졸업한 뒤에 준비를 제대로 하여 도전하는 것이 바람직하다는 결론에 이르렀다. 그렇게 생각을 정리하고 남은 1년 동안 내가 할 수 있는 데까지는 해보자는 생각을 하였다.

아울러 죽은 형의 몫까지 다하겠다는 약속을 지키고, 나를 알고 있는 주위 사람들에게 어떤 모습을 보여줄 것인가에 대해서도 고민하였다. 생각이 여기까지 미치자 더 두려워지기 시작하였다. 이러한 고민은 더 무거운 짐이 되어 나를 짓누르며 한시도 내 곁을 떠나지 않았는데, 유심초의 「어디서 무엇이 되어 다시 만나랴」는 그 시절 고뇌했던 나의 마음이 잘 드러난 노래라서 마음 깊이 담겨있다.

저렇게 많은 별들 중에 별 하나가 나를 내려본다
이렇게 많은 사람 중에 그 별 하나를 쳐다본다.
밤이 깊을수록 별은 밝음 속에 사라지고
나는 어둠속으로 사라진다.
이렇게 정다운 너 하나 나 하나는
어디서 무엇이 되어 다시 만나랴

누군가 지켜보고 있다는 것은 부담이자 무거운 짐이다. 나를 지켜보는 사람들에 대한 기대를 저버리지 않으려는 삶은 언제나 진지함을 동반해야 하는 삶이자 어깨 무거운 삶이다. 평생 그것이 나를 짓눌러도 참고 견디며 나아가야 하는 것은 내가 내 삶의 주인이기 때문이다.

이 노래는 내 인생 방향을 바로 잡아준 노래이다. 부모님의 기대에 어긋나지 않고 주위에 부끄럽지 않은 나의 모습을 간직하기 위한 젊은 날의 고뇌와 다짐이 살아나는 노래인데, 그 고뇌는 현재 진행형이다.

추억과 오늘 ·

이 노래는 김광섭의 「저녁에」라는 시에 곡을 붙인 노래이다. 수업 시간에 학생들과 이 시를 감상할 때 "어디서 무엇이 되어 다시 만나랴"란 구절에서 먹먹함을 느꼈다. 그리고 "과연 나는 지금까지 내가 소망하던 나의 모습을 제대로 만들어가며 살고 있는가? 서 있는 이 자리에서 나는 부끄럽지 않은 모습일까?" 청소년 시절부터 고민하던 내 삶의 방향이 현실에서 제대로 정착되고 있는지 되돌아보는 계기를 마련해 주는 시라서 더욱 마음에 와닿았다.

2023년 5월 2일, 철쭉제가 열리는 황매산을 찾았다. 올해는 철쭉나무가 냉해를 입어 꽃들이 예전 같지 못하다는 이야기를 들었는데, 철쭉 군락지에 이르니 꽃들은 화사한 모습으로 탐방객들을 반겨 주었다. 철쭉 화원을 지나는 사람들은 대부분 흐뭇한 표정으로 사진을 찍기에 여념이 없었다.

그때 양지바른 꽃동산 아래에서 기타와 조화를 이룬 구성진 노랫소리가 고요한 황매산 자락을 흔들었다. 「어디서 무엇이 되어 다시 만나랴」였다. 우리 부부는 서둘러 노랫소리가 나는 곳으로 걸음을 재촉하였는데, 11명으로 구성된 기타 동호회원들은 능숙한 기타

연주와 화음으로 '이렇게 정다운 너 하나 나 하나는 어디서 무엇이 되어 다시 만나랴'를 열창하며 지나는 탐방객들의 발걸음을 붙잡았다. 철쭉이 군락을 이루어 수많은 눈길이 모이고 발걸음도 머무는 곳, 철쭉 화원의 「어디서 무엇이 되어 다시 만나랴」는 환상적인 지상의 하모니였다.

03.

의연한 삶의 지향점,
고목나무

1980년 3월까지는 고향에서 지내다 4월이 되어 이불과 간단한 짐을 챙겨 부산으로 갔다. 부산대학교에 입학한 중학교 동기이자 외사촌인 ㅈ이 ㅂ형과 함께 학교와 가까운 장전동에서 자취하고 있었는데 여기에 합류하기 위해서였다. 그리하여 외사촌 형제의 자취방에서 함께 생활하며 부산 생활을 시작하였다.

종합학원에 등록하여 고등학교 때 배우지 못했던 과목들을 차근차근 공부하였으나 수학과 영어 과목이 쉽지 않았다. 영어와 수학은 단과 강의도 들으며 보충하였으나 워낙 고교과정이 부실하니 힘들었다. 그래도 의지 하나로 버

작은 숲지기의 꿈

티었다.

그해 5월에 광주에서는 5·18 항쟁이 있었다. 옆방의 대학생들이 보는 신문에서 간간이 기사를 읽었지만 항쟁의 실체를 제대로 알기는 어려웠다. 통제된 신문 기사에는 온통 부정적 기사가 가득했다. 이듬해 입대한 후 시민군으로 활동했던 동기로부터 항쟁의 진실을 들을 수 있었다.

여름에는 대학본고사 폐지와 고교 내신 확대, 졸업 정원제와 대학입학 인원 확대, 재학생 학원 금지 같은 정책들이 쏟아져 혼란스럽기만 하였다. 평일에는 공부에 매진하고 토요일 오후나 일요일에는 금정산에 오르기도 하였다. 그리고 비가 오거나 고향 생각이 날 때, 마음이 답답할 때는 해운대에 가서 하염없이 바다를 바라보기도 했다. 앞날에 대한 두려움과 현실의 서글픔이 교차하는 어려운 시기였다. 이런 시기에 나의 마음을 위로해 준 노래가 장욱조의 「고목나무」였다.

저 산~ 마루 깊은밤 산새들도 잠들고
우~뚝 선 고목이 달빛 아래 외롭네
옛 사람 간곳없다 올리도 없지만은
만날 날 기다리며 오늘이 또 간다
가고 또 가면 기다린 그날이 오늘일 것 같구나

그 시절 시내버스나 레코드 가게에서 자주 흘러나오던 이 노래는 무거운 내 마음을 다독여 주고 위로해 주었다. 깊은 산속 풍설(風雪)을 이겨내며 우뚝 서 있는 고향의 겨울나무 모습을 떠올리게 하는 노래였다. 쓸쓸하고 고적한 곳에서 시련을 이겨내는 의연한 모습은 당시 나의 지향점이기에 더욱 마음에 와닿았다. 나의 20대 초입을 함께 했던 장욱조의 「고목나무」는 고향집 뒤편 깊은 곳에 오랜 세월 침묵으로 자리하고 있는 바위 같은 노래였다.

추억과 오늘 •
부산의 생활은 11월 예비고사를 앞두고 10월 말까지 약 7개월 정도였다. 이 기간은 대입을 위한 준비과정을 제대로 밟아본 시기였다. 생소한 과목, 어려운 과목을 붙잡고 분투한 시기였다. 그러나 나의 역량과 의지 부족으로 내가 원하는 방향으로 나아가는 데는 실패하였다.

작은 숲지기의 꿈

04.
나의 20대 잔영,
장밋빛 스카프

내가 큰 슬픔에 빠져 있을 때 법정 스님의 '무소유'와 편지를 전해 주고 위로해 주었던 ㅈ은 고교 졸업 후 진주에 있는 대학으로 진학하였다. 그해 대입 시험이 마무리될 때까지 서로 연락하지 않기로 하였다. 그것이 내 공부에 도움이 될 것이라는 생각에서였다. 그 약속은 지켜졌다. 그러나 나의 노력 부족과 현실적인 한계로 그해의 결실이 시원찮아 나는 군(軍) 문제부터 먼저 해결한 후 대학에 진학하기로 마음을 바꾸었다.

전투경찰에 지원한 후, 많은 시간을 현실적인 문제로 고민하였다. 수많은 생각들이 머릿속을 복잡하게 하고 어깨를 짓눌렀다. 불확실한 미래에 대한 두려움으로 점점 자신이 없어졌다. 앞으로 내가 어떤 모습을 보여줄지 모르지만, 나에게 실망하는 모습은 보여주고 싶지 않았다. 그래서 현실 도피의 방법을 택하였다.

1980년 12월 마지막 날, 군청 앞 지하 샘 다방에서 ㅈ을 만났다. 그리고 나의 생각을 밝히고 동의를 구하였다.

내가 왜 이럴까 오지 않을 사람을
어디선가 웃으면서 와 줄 것만 같은데
차라리 그 사람을 만나지 않았던들
이 고통 이 괴로움 나에게는 없을걸
장밋빛 장밋빛 스카프만 보면은
내 눈은 빛나네 걸음이 멈춰지네
허전한 이 마음을 어떻게 달래 볼까
내게서 떠나버린 장밋빛 스카프

윤항기의 짙은 호소력이 담겨있는 이 노래는 어쩌면 나의 소극적인 마음을 합리화하는 심정으로 좋아하였는지도 모른다. 노력은 해 보지 않고 나중의 일만 걱정하여 포기해버린, 용기없었던 20대 초반의 내 모습, 그 모습이 오버랩 되는 노래다.

작은 숲지기의 꿈

추억과 오늘 ·································

읍내에 들리면 군청 앞을 지나칠 때가 있다. 그때 눈길은 지하다방 쪽으로 간다. 그러나 그 다방이 없어지고 그 자리에 다른 간판이 자리 잡고 있다. 벌써 40여 년의 세월이 훌쩍 지났으니……. 몇 번 가보지 않았지만 잔잔한 음악이 흐르고 따사로운 분위기가 감돌았던 샘 다방은 젊은 시절 청춘의 공간으로 남아 있다.

05.

젊음이 저당 잡힌 시절,
그리운 짝순이에게로

1981년 7월 28일 입대를 위해 전주행 버스를 타는데 뜻하지 않게 고등학교 3년 동안 한 반이었던 ㅊ이 앉아 있었다. 그 친구도 입대를 위해 전주로 간다고 하기에 말할 수 없이 반가웠다.

전주에 도착하여 함께 머리를 자르고 여관에서 하룻밤 지내고 다음 날 오후 1시, 송천동에 있는 35사단 정문으로 갔다. 그날이 7월 29일이었다. 정문에는 우리와 같은 빡빡머리 신병 입대자들이 줄지어 기다리고 있었다. 몹시 더운 날씨였는데 얼마나 긴장을 하였는지 더운 줄 몰랐다. 검은색 파이버를 쓴 조교들이 호각을 불며 줄을 세웠고 2시 가

작은 숲지기의 꿈

까워지자 부모님들은 돌려보냈다.

부모님들이 돌아가자 말투가 돌변하여 'ㅆ'이 시작되어 '새끼'는 예사였고 험악한 말들이 쏟아지기 시작하였다. 500여 명의 동기들은 바짝 긴장한 얼굴로 정확하게 줄을 맞추어 조교들의 안내로 위병소를 통과하였다. 정신이 얼얼하며 이제 본격적으로 입대하였다는 사실을 절감하였다.

우선 줄지어 들어온 순서대로 소대를 나누기에 나는 ㅊ과 함께 있으니 같은 소대가 되었고 침상도 바로 옆자리가 되었다. 우리는 훈련이 마무리되는 6주 동안 붙어 다녔고 서로에게 큰 힘이 되고 위안이 되었다. 소대가 나누어지자 낡은 군복과 군화를 주었다. 진흙물이 희미하게 배어든 낡은 군복을 주섬주섬 입으며 옆 동기들을 바라보니 조금 전의 모습과는 전혀 다른 모습이었다. 사복을 벗고 처음 군복을 입은 모습, 통제된 세계로 들어가는 신고식을 하는 듯했다.

그렇게 변신하고 주변을 정리하며 내무반에서 대기하는 오후 5시쯤, 저녁 식사를 하라는 전갈을 받았다. 줄을 맞추어 포플러 아래 야외 식탁에 가니 플라스틱 식판에 누런 보리밥과 깍두기, 반찬 두 가지 그리고 멀건 된장국이 기다리고 있었다. 잘 먹겠다는 감사의 인사를 하고 밥을 입에 넣는데 도무지 먹을 수가 없었다. 보리밥이 거칠어 목에 넘어

가지 않는다고 해야 할까? 대부분의 동기들도 그랬다. 그 래서 몇 숟갈 뜨지 않고 잔반 처리하니 옆에 있던 조교가 비웃으며 "새끼들 며칠만 기다려라"하는 것이 아닌가? 그 말의 의미를 다음 날 알게 되었다.

과연 조교의 말이 정답이었다. 다음 날 점심부터는 주린 배를 채우기 위해 보리밥이든 멀건 된장국이든 가리지 않 고 주는 대로 먹었다. 누구든 배고픔을 극복하기는 쉽지 않을 것이다. 어떤 동기는 밥이 부족하여 밥을 담았던 밥 통을 숟가락으로 긁다 조교에게 맞기도 하였다. 단식하는 사람이 제일 무서운 사람이라는 것을 그때 경험으로 알게 되었다.

며칠 대기하며 신체검사를 하고 입고 왔던 옷을 편지와 함께 고향으로 보냈다. 그리고 월요일 정식 입소식을 시작 으로 눈물겨운 훈련이 시작되었다. 자유분방한 20대 젊은 이들을 엄격한 군인으로 만드는 훈련 과정은 가혹하고 냉 혹하였다.

제식훈련을 시작으로 정신교육, 총검술, 사격, 화생방, 각개전투 등으로 계속되는 훈련 과정은 대한민국 남자라 면 대부분 경험했던 고행의 과정이었다. 그리고 5분 목욕, 얼차려, 모기 회식, 완전군장은 흔히 강한 군인으로 거듭나 기 위한 통과의례라고 하였다. 특히 사격 훈련이 시작되기 전 받은 정신훈련과 끝난 후 점수가 낮아 받은 가혹한 벌칙

작은 숲지기의 꿈

은 인간의 한계를 시험하는 과정이었다.

훈련 과정에서 쌓인 고통과 원망은 그날 훈련이 끝나고 동기들과 얼싸안고 눈물 흘리며 부른 '어머니 은혜' 한 곡에 씻은 듯 사라졌다. 신병 교육은 사람의 심리를 교묘하게 이용하였다. 이러한 훈련 과정에서 틈틈이 배우는 군가가 있었는데 대부분 알려진 것이다. 그러나 군가가 아닌데도 우리 훈련병들이 자주 부르던 노래가 있었다.

> 고향으로 달려가는 호남선 완행열차에
> 꿈 실은 내무반아 달빛 어린 연병장아
> 고향은 언제가요 휴가를 가요
> 그리운 짝순이에게로 편지야 자리 잘 가거라

이 노래는 병영 생활에서만 부르던 사가(군가가 아닌 노래를 말함)이다. 훈련 도중 쉬는 시간 조교들에게 이 노래를 배워 많이 불렀다. 정신교육, 야외 교육장으로 이동할 때 그리고 내무반에서도 불렀다. 고달픈 훈련병들에게 작은 희망이 되었던 노래였다. 편지를 보낼 그리운 짝순이는 없지만, 고향과 부모님에 대한 그리움과 휴가 그리고 열차와 편지는 자유의 대명사로 우리들의 마음에 각인되었다.

추억과 오늘 ···

그 시절을 떠올리는 순간, 숨 막히는 8월의 무더위와 땀범벅으로 훈련장을 달리던 나의 20대가 되살아나는 듯한다. 고등학교 동기 ㅊ은 처음에는 부산으로 근무지를 지원하려 하였다. 그러나 내가 서울로 지원한다고 하니 그도 서울로 지원을 하였다. 우리는 훈련을 마치고 배치받을 때 용산역까지는 함께 왔다. 나는 강남경찰서로 배치를 받았고 그는 강북의 어느 경찰서로 배치받았다. 열차에서 내려 이름을 부르는 순서대로 정신없이 움직여야 했기에 그냥 잘 가라는 인사만 하고 아쉽게 헤어졌다. 그리고 그 후에는 한 번도 얼굴을 보지 못하였다.

작은 숲지기의 꿈

06.
한가위 밤 수송 열차와
대전 부르스

　내가 입대했던 신병교육대의 환경은 열악하였다. 입대
하여 훈련을 받던 나의 동기 중 70-80% 이상이 눈병을 앓
았다. 나도 예외가 아니었다. 눈병 치료는 각 소대에 보급
된 테라마이신 연고를 눈에 넣고 골고루 퍼지도록 눈 주위
를 비비는 것이 전부였다. 다행스럽게도 그렇게 하고 며칠
이 지나면 눈병이 나았다.

　훈련을 받기 위해 야외 교장 갈 때를 제외하고는 무좀 예
방을 위해 맨발로 생활하였다. 화장실 갈 때, 청소할 때, 야
외 식탁에 갈 때도 맨발이었다. 6주간 영내에서 맨발로 생
활하다 보니 발바닥이 곰 발바닥처럼 단단하게 단련되었

다. 발바닥이 튼튼하니 맨발로 자갈길을 걸어도 아프지 않고 얼차려를 받으러 밤밭을 뛰어도 가시가 깊이 박히지 않았다. 이런 열악한 환경 속에서도 훈련은 어김없이 진행되었고 시간이 지나니 신병교육대를 떠나야 할 시간이 어느새 다가와 있었다.

퇴소할 날이 멀지 않자 PX 출입이 허용되었다. 그동안 배고픔에 시달린 동기들은 PX로 달려가 당시 인기 있었던 보름달 빵과 우유를 몇 개씩 사서 마음껏 폭식하다가 배탈이 나서 재래식 화장실을 더럽혀 놓기도 하였다. 나와 고등학교 친구도 PX의 즐거움을 맛보았다. 그리고 조교들의 태도도 서서히 달라졌다. 훈련 기간 내내 험악한 얼굴과 말투로 우리를 대하던 그들이 친절하게 바뀐 것이다. 격세지감이라 할까? 마지막 날에는 점호도 생략하였다.

1981년 9월 추석날 오후, 우리는 조교들과 교관의 따뜻한 배웅을 받으며 눈물과 함성 그리고 땀으로 투지를 불태웠던 6주간의 훈련을 마무리하고 자대로 가기 위해 버스에 올랐다. 신병교육대를 출발하기 전 열차에서 먹으라고 건빵 한 봉지씩 나누어 주었다. 별사탕이 들어있는 건빵, 큰 위안이 되었던 간식이었다. 어떤 동기는 눈물을 글썽이며 받았다.

전주역에서 대기하다 저녁 어스름이 내리자 지역별로 배치된 동기들은 각 방향으로 가는 열차에 몸을 실었는데,

작은 숲지기의 꿈

나와 친구는 서울 용산역으로 가는 객차에 몸을 실었다. 수도권으로 가는 동기들은 바짝 긴장하며 주위의 눈치를 살폈다. 훈련소를 나올 때는 자유의 몸이 된 것 같은 해방감을 느꼈는데 막상 자대로 가는 열차에 오르니 또다시 팽팽한 긴장감이 돌았다. 그리고 자대에 배치되어 겪게 될 일들을 상상하니 두려운 마음이 몰려들기 시작하였다.

전주역을 출발한 완행열차는 역마다 정차와 출발을 거듭하며 밤을 달리다 자정이 되어 불빛이 환하고 넓게 퍼져 있는 도시에 다다랐다. 우리를 안내하던 조교가 "여기는 대전이다"하였다. 하늘에는 한가위 보름달이 휘영청 빛나고 도시는 고요 속에 잠들고 있었다.

잘 있거라 나는 간다 이별의 말도 없이
떠나가는 새벽 열차 대전발 영시 오십 분
세상은 잠이 들어 고요한 이 밤
나만이 소리치며 울 줄이야
아– 붙잡아도 뿌리치는 목포행 완행열차

차창으로 한가위 보름달을 올려다보며 '대전발 영시 오십 분'이란 「대전 부르스」 가사를 떠올렸다. '아, 내가 이 시간에 대전역을 지나는구나'라는 생각과 더불어 만감이 교차했다. 열차는 대전에서 한참을 머물렀다. 부산과 대구,

경상남북도, 충남에 배치되는 동기들이 탄 객차는 대전역에서 분리되었다. 그리고 객차의 수를 줄인 열차는 다시 서울을 향해 서서히 출발하였다. 열차에 타고 있던 새까맣게 그슬린 피부에 바짝 긴장한 굳은 모습의 신병들 속에 내가 있었다. 대전역과 「대전 부르스」는 나에게 이때의 이미지로 각인되어 있다.

추억과 오늘 ·······································
훈련소의 다른 생활은 가끔 생각이 나고 아련한 추억으로 기억되지만, 서울로 떠나던 1981년 추석날 밤은 노래 분위기처럼 쓸쓸하고 마음 쓰라린 기억으로 남아 있다.

작은 숲지기의 꿈

07.
고난의 길목에서 만난,
머나먼 고향

자대에 배치받아 군기가 바짝 들어 눈알이 팽팽 돌던 어느 늦가을, 수경사 헌병대와 축구 시합을 하였다. 일요일 오후, 축구에 소질이 없는 대원을 근무자로 남기고 한강 공원에 집결하여 두 팀의 경기가 시작되었다.

우리 전경팀 선배들은 만일 경기에서 지면 혹독한 집합이 있을 것이라 엄포를 놓았다. 그러니 새카만 후배들은 집합을 당하지 않기 위해 죽기를 각오하고 뛰지 않을 수 없었다.

덩치가 큰 헌병팀은 체력이 좋았으나 잔재주는 부족하였다. 우리 전경팀은 부족한 체력을 발재간으로 보완하였다. 패스의 정확도를 높이며 상대 팀을 공략하였다. 팀웍이 앞서고 패스의 정확도가 앞선 우리 전경팀이 폭풍 같은 헌병팀의 공격을 잘 견디고 2:1로 이겼다. 나도 한 골을 넣는 수훈을 세웠는데, 유년 시절 밤낮 운동장에서 뛰던 새마을 축구의 저력을 발휘한 순간이었다. 경기가 끝나고 강 건너 한남동의 삭막한 모습을 보며 문득 150원 자장면 내기 축구를 하던 고교 시절의 기억이 떠올랐다.

축구를 마치고 헌병대 주방장이 준비한 돼지고기 수육과 신사동 시장에서 반입한 막걸리로 목을 축이며 두 팀의 화합 시간을 가졌다. 단체로 만날 기회가 없었던 두 팀은 화기애애한 분위기 속에서 젊음과 추억의 시간을 가졌다. 그렇게 시간을 보내다 내무반으로 돌아오니 잠시 천상의 세계에 머물다 현실로 하강한 느낌이었다.

입대한지 이제 겨우 3개월밖에 되지 않은 신참의 신분이라는 현실을 자각했을 때의 그 기분, 갑자기 온몸을 짓누르는 우울감이 밀려왔다. 발딛고 서 있던 그 자리가 현실이었다.

축구 시합이 끝나고 며칠 지난 늦은 밤, 근무를 마치고 내무반으로 들어오니 ㅊ선배가 나를 살짝 부르더니 식당에 가서 라면 2개를 끓여 놓으라고 하였다. 나는 선배가 시키는 대로 라면을 끓였다. 헌병 주방장이 아끼는 달걀도 넣고 파도 듬뿍 넣으니 양이 많았는데 거기에 고춧가루까지 넣으니 보기도 좋았다. 내무반으로 가 라면을 다 끓였다고 하니 ㅊ선배는 사물함에 숨겨두었던 소주 한 병을 들고 식당으로 왔다. 내가 식탁 위에 라면과 김치를 차려놓고 내무반으로 가려 하는데 선배가 나를 잡았다. 함께 먹으려고 라면을 끓이라 했는데 어딜 가려고 하느냐며 정색을 하기에 할 수 없이 함께 라면을 먹었다.

3시간의 긴 근무를 마치고 배가 출출하던 참에 먹는 라면은 정말 맛이 있었는데, 선배는 나에게 소주도 권했다. 나는 내무반 분위기를 알기에 사양하였더니 "최고 고참인 내가 마시라고 하는데 어느 놈이 간섭할 것이냐"고 하며 계속하여 권하였다. 나는 할 수 없이 소주 2잔을 마셨다.

ㅊ선배의 호의에 따른 결과는 참혹하였다. 나의 염려대로 새벽이 되니 중간 기수인 ㄱ상경이 나를 깨우더니 상황실로 올라오라 하였다. 상황실로 올라가서는 떠올리기 싫을 정도의 욕을 듣고 심한 구타를 당했다. 지금도 악랄했던 ㄱ상경을 생각하면 몹시 불쾌하고 치가 떨린다.

그 일을 겪고 난 며칠 뒤, 오전 근무가 끝나고 식사 후 설거지를 하였다. 식판을 닦고 식당 주위를 정리한 뒤 잔반 처리를 위해 밖으로 나갔더니 철조망 사이에 아직 지지 않은 여린 코스모스 몇 송이가 하늘거리고 있었다. 순간 눈물이 핑 돌았다. 그리고 고향 골목길 코스모스와 부모님과 동생의 모습이 떠올랐다. 간절하게 그리웠고 무작정 고향으

로 달려가고 싶었다. 그 뒤 「머나먼 고향」은 나의 애창곡이
되었다.

　머나먼 남쪽 하늘 아래 그리운 고향
　사랑하는 부모 형제 이 몸을 기다려
　천리타향 낯선 거리 헤메는 발길
　한 잔 술이 설움을 타서 마셔도
　마음은 고향 하늘을 달려갑니다.

추억과 오늘 ＊＊＊＊＊＊＊＊＊＊＊＊＊＊＊＊＊＊＊＊＊＊＊＊＊＊＊＊＊＊
나만 아니라 기수가 낮은 후임들에게 공포의 대상이었던 ㄱ상경은
그 뒤 와사풍이 와서 집으로 요양 휴가를 떠났고 조금 회복된 뒤에
는 다른 곳으로 전출 갔다. 우리 신참들은 마음속으로 환호했는데
인생이란 그렇게 호락호락하지 않았다. 그 후임으로 온 ㄷ상경을
겪으며 구관이 명관이라는 말을 실감하였다. 나와 동기는 인생이
왜 이렇게 꼬이냐고 한탄하고 낙담하였다.

작은 숲지기의 꿈

08.

젊음의 분노가 메아리치던 밤, 헤이

1983년 늦가을 일요일 아침이었다. 나는 선임인 ㅇ수경과 트렌지스터 FM라디오 음악방송을 듣고 있었다. 이해심이 많고 인간성이 좋은 ㅇ수경은 나와 죽이 잘 맞아 아침부터 밤늦게까지 서로 존중하며 편안한 마음으로 근무하였다. 평화롭고 여유 있는 일요일 아침이라 음악을 들으며 느긋하게 호남선 고속버스 하차장을 지켜보고 있는데 문을 두드리는 소리가 들렸다.

간밤에 늦가을 비가 내려 차갑게 느껴지는 손잡이를 잡고 문을 여니 누런 잠바를 입은 키가 작은 아저씨가 눈물을 글썽이며 서 있었다. 사무실로 들어오라 하여 무슨 일이냐고 물어

보았더니 자신이 아침에 당한 일을 더듬더듬 이야기하였다.

충청도 예산에서 소를 팔아 50만 원을 가지고 서울에 물건을 사러 왔는데, 터미널 입구 야바위꾼의 호객행위에 걸려 모두 잃어버렸다는 것이었다. 처음에는 돈을 땄는데 나중에는 가지도 못하게 하여 돈을 다 잃을 때까지 야바위를 시켰다고 하였다. 터미널에서 시내버스 정류장으로 가는 길 왼쪽에 사람들이 몰려 시끄럽게 하는 것은 보았는데 그게 야바위였던 것이다.

아저씨의 이야기를 듣고 고향이 충청도인 ㅇ수경은 분노하였고 나도 일어나서는 안 될 일에 대해 분개하였다. 우리는 이 일을 어떻게 처리할까 고민하였다. 우선 이들을 처벌하고 돈을 되찾기 위해서는 증거부터 잡아야 한다고 생각하고 ㅇ수경은 야바위 자판을 확보하고 나는 자판 주위의 사내들을 저지한다는 계획을 세웠다. 그리고 야바위꾼들이 신이 나서 호객행위를 하는 현장으로 접근하였는데, 현장은 성황이었다. 호객꾼이 지나는 사람들을 불러 모아 놓고 신나게 야바위판을 벌이고 있었다.

우리는 그 옆을 지나는 척하다 ㅇ수경이 몸을 날려 야바위 좌판을 잡았다. 그 순간 그 주위를 지키던 키가 크고 몸이 건장한 사내가 ㅇ수경의 멱살을 잡고 길바닥으로 던졌다. 키는 작지만 몸이 유연하고 다부진 ㅇ수경은 넘어지며 몸을 굴러 안착시켰다. 그러나 전날 밤 내린 빗물에 옷이

홈뻑 젖었다. 그 순간을 지켜보는 나는 아찔한 생각이 들었다. 우리는 총기를 소지하고 있었기에 ㅇ수경이 총을 꺼내면 어떻게 하나 하는 두려움이 앞섰다. 그러나 그는 현명하였다. 허리에서 가스총을 꺼내 그 건장한 사내의 얼굴에 발사하였다. 순간 주위의 조무래기들은 슬슬 피하고 우리는 그 사내의 팔을 꺾어 사무실로 데려왔다.

얼마 후 출근한 초소장은 어떻게 된 일이냐고 물었고 우리는 그동안 일의 자초지종을 이야기하였다. 우리를 밖으로 불러낸 초소장은 본연의 임무는 소홀히 하고 엉뚱한 일을 하였다며 꾸중을 하였다. 그리고는 그 일을 수습하였다. 시간이 조금 지나니 다른 동료가 아저씨가 잃은 현금 50만 원을 봉투에 넣어 왔고 아저씨는 금액을 확인하고 안도하였다. 그리고 그 아저씨를 택시에 태워 목적지로 보내는 것으로 우리가 할 수 있는 역할을 다 했다.

그날 밤 초소장이 퇴근한 후 ㅇ수경과 나는 '정의 구현 사회'를 내 걸어도 정의롭지 못한 현실을 성토하였다. 그래도 우리의 작은 노력이 한 사람의 삶에 보탬이 되었다는 사실에 조금은 위안을 받았다. 우리 두 사람이 이런 이야기를 주고받을 때 FM라디오에서 흘러나온 노래가 스페인 가수 훌리오 이글레시아스의 「헤이」였다.

헤이 꽃바람에 눈이 흐렸는가

저 하늘이 아물거린다네 고향 하늘인데
헤이 바람처럼 떠나가고 싶네
이런 생각 저런 생각도 없이
그냥 가고 싶네

가수 이동원 씨도 우리말로 이 노래를 불러 많은 인기를 얻었고, 훌리오 이글레시아스의 노래도 가끔 FM방송을 타는데 그때마다 감회가 새롭다. 이 노래를 듣고 있으면 83년 늦가을, 앞뒤 상황을 가리지 않고 정의로운 일에 뛰어들었던 젊은 날의 기억이 떠올라 마음 뿌듯하다.

추억과 오늘 •
'모든 일은 원칙대로 처리하는 것이 최고의 선(善)이다'가 반드시 최선의 방법이 아님을 나는 몇 번의 경험을 통하여 알게 되었다. 원칙도 중요하지만 때로는 융통성도 필요하다는 사실을. 그리고 중요한 것은 모든 일의 중심에 사람이 우선되어야 한다는 것이다.
2020년 1월 코로나가 유행하기 직전 스페인의 세비야로 달리는 버스에서 가이드는 포르투칼의 애절한 음악 '파두'에 대해 설명을 하고 이 노래와 함께 훌리오 이글레시아스의 「헤이」를 들려주었다. 나는 스페인의 끝없이 펼쳐진 길 위에서 이 노래를 들으며 1983년 늦가을 서울의 밤으로 기억의 회로를 틀었다.

작은 숲지기의 꿈

09.

목련꽃
봄날의 설렘

군 복무를 마치고 전역을 한 뒤 한 달 동안 고향에서 부모님을 도와 드리며, 한 해만 더 대입준비를 할 기회를 달라고 간곡하게 부탁드려 어렵게 승낙을 받았다. 3월 말, 쌀한 말을 메고 대구로 나와 대명동 양옥집 2층에 있는 방 한 칸을 얻어 동생과 자취를 시작하였다.

종합반에 등록하여 대입준비를 다시 시작하였다. 당시만 하더라도 재수생이 많아 큰 강의실에 무려 60명이 넘는 학생이 한 반이 되었다. 대부분 그해 2월에 졸업한 학생들이고 그들에게 복습하는 정도의 진도는 과속질주였다. 정신 무장은 되어있는데, 그들과 배움의 어깨를 나란히 한다는 것은 매우 어렵고 힘든 일이었다. 아무리 각오가 굳세어도 현실은 녹록하지 않았다.

그래도 뒤처지지 않으려고 수업이 끝나면 학원에 남아 공부한 내용을 정리하고 집으로 왔다. 그리고 저녁을 먹고 커피를 한 사발 타서 마셨는데 책상 앞에 앉아 있으면 졸음이 쏟아졌다. 마음의 부담이 크고 정말로 힘들고 피곤한 시절이었다. 생각은 저만큼 앞서가는데 이해력과 순발력은 따라주지 않는 답답한 현실, 그래도 예비역의 정신력으로 하루하루를 이겨나가고자 하였다.

그렇게 보름 정도를 보낸 4월 중순쯤, 대구에는 목련이 피고 있었다. 학원을 마치고 버스 정류장에 내려 집으로 오는데 후각이 예민한 나의 코끝으로 은은한 목련 향기가 스치듯 스며들었다. 주위를 둘러보니 아담한 단독주택의 뜰에 목련 한 그루가 꽃등불을 달고 있었다. 밤이었다면 주위가 환할 정도의 화사한 모습이었다. '벌써?'라는 반가운 생각이 들면서 계절의 변화를 실감하는 순간이었다. 2층 계단을 오르며 1층의 화단을 보니 화단 한켠에 있는 목련 나무에도 꽃이 피어 있었다. 배움에 적응하기 위해 정신없이 보낸 보름 사이 자연의 섭리는 어김없이 진행되고 있었다.

오랜만에 계절의 변화를 감지하며 현관에 다다르니 굵직한 글씨체의 편지가 나를 반가이 맞이하고 있었다. 편지를 보낸 이는 아직 최전방에서 근무 중인 친구 ㅇㅇ이었다.

작은 숲지기의 꿈

큼직한 글씨로 '아우에게'로 시작된 편지에는 전역을 몇 개월 앞둔 심정과 이미 시작한 공부이니 후회 없이 하라는 안부와 격려의 내용이었다. 그의 성격처럼 호방함이 묻어나는 편지였다. 편지를 읽으며 두 달 전만 해도 군복을 입고 있었던 나의 모습을 떠올렸다. 그리고 친구가 있는 강원도 최전방의 봄과 지난 고교 시절의 추억을 떠올려 보았다. 바로 그 시간, 켜 놓은 FM 라디오에서 가곡 '동무생각'이 흘러나오는 게 아닌가?

봄의 교향악이 울려 퍼지는
청라 언덕 위에 백합 필 적에
나는 흰 나리 꽃 향내 맡으며
너를 위해 노래 노래부른다

청라 언덕과 같은 내 맘에
백합 같은 내 동무야
네가 내게서 피어날 적에
모든 슬픔이 사라진다

노래가 끝나고 창문을 열어젖히니 훈훈한 봄바람이 스며들었다. 화단에는 4월의 훈풍에 화사한 목련꽃이 여전히 하늘거리며 주위를 설레게 하였고 걷잡을 수 없는 마음은 귀착점을 찾지 못하고 먼 허공에서 서성이고 있었다.

추억과 오늘 ·
2000년대 중반, 그동안 우정을 간직한 고교친구 부부동반 모임이
있었다. 저녁 식사를 마치고 라이브카페로 옮겨서 노래를 한 곡씩
부르는데, 나는 친구의 편지 사연을 이야기하고 '동무생각'을 불렀
다. 이 노래를 부르는 내내 1984년 4월 목련꽃 화사했던 대명동 골
목길과 편지를 받고 반가웠던 그 시절의 기억을 더듬었다.

작은 숲지기의 꿈

10.

어둠의 터널을 지나 무지개 보듯 내일을 본다, 고교생 일기

1984년 봄은 정신력과 의지력을 바탕으로 학업에 전념하였는데 여름이 되니 힘이 들었다. 에어컨은 없고 선풍기 몇 대밖에 없는 강의실에 남아 공부를 하려니 덥고 기운이 빠졌다. 대구의 더위는 결코 만만한 것이 아니었다. 그래도 참고 지냈다. 가을이 되어 시험 날짜가 다가오니 마음이 불안해지며 걱정이 되었다. 나와 함께 대입을 준비하던 군 동기 ㅎ은 가을철 내내 독서실에 기거하며 잠도 자지 않고 공부에 매진하는 바람에 정신이 혼몽해지는 증상이 있어 망연자실하기도 하였다.

마음은 바빠 저만큼 앞서가는데 계속되는 수험생활에

지친 몸은 내 마음처럼 따라주지 않았다. 온힘을 다한 수험 생활을 마무리하고 학력고사를 쳤다. 내가 원하는 만큼의 결과는 나오지 않았으나, 전국의 여러 대학을 살펴보고 지방에 있는 대학 국문과에 지원하였다. 함께 공부했던 ㅎ도 같은 대학에 지원하였다.

우리는 면접을 보러 지원한 대학으로 갔다. 지원자들이 엄청 많이 모여 우리를 긴장하게 하였는데, 특히 밝고 앳되어 보이는 현역 학생들을 보고 주눅이 들었다. 안경 사이로 보이는 그들의 빛나는 눈빛은 예비역인 우리를 기죽게 하였다. 가끔 우리처럼 늙수그레한 사람들이 보이기는 하였지만 소수였다. 이방인처럼 오지 않아야 할 곳에 온 것 같이 어색하였다. 점심시간이 다 되어 면접을 마치고 학생회관 앞으로 가니 ㅎ이 먼저 면접을 마치고 기다리고 있었다. 우리는 면접관이 물었던 내용을 이야기하며 학생회관 옆을 지나는데 그때 대학의 교내방송이 시작되었다. 아마 그 시간이 12시쯤 되었는데, 점심시간을 이용하여 교내방송을 하는 것 같았다. 교내방송 스피커를 통해 흘러나온 첫 음악이 바로 「고교생 일기」였다.

그리움이 많은 고교 시절에 무지개를 보듯 내일을 본다
이리저리 열린 여러 갈래길 우리들은 이제 어디로 갈까

작은 숲지기의 꿈

이 노래는 당시 방송 중이던 청소년 드라마의 주제가였다. 나는 드라마를 볼 기회는 드물었지만 주제가는 몇 번 들은 기억이 있다. 민해경이 부른 밝고 쾌활한 이 노래는 우리의 주눅 든 마음에 소망의 탑을 굳건하게 쌓게 하였다. "이 대학에 합격하여 그동안 어둡고 무거웠던 방황을 끝내고 싶다"는 간절한 소망이었다.

추억과 오늘 •
「고교생 일기」에서 스물네 살의 내 마음이 머물던 부분은 "이리저리 열린 여러 갈래길 우리들은 이제 어디로 갈까"였다. 이 가사가 짠하게 마음에 와닿았다. "만약 여기서 떨어지면 나는 어디로 가야 하나"가 그때 나를 대변하는 심정이었다.

결과는 가혹하여 나와 친구는 그 대학에서 탈락하였다. 꼭 입학하고 싶었는데……. 먹구름이 밀려오는 듯 했지만 다행스럽게 후기대학 사범대학 국어교육과에 원서를 제출하여 합격의 영광을 얻었다. 그리고 불안한 수험생의 방황이 마무리되었다.

제4장

젊음의 열정과 마주하며

01.

연초록 새순의 향연,
삼포가는 길

1985년 4월 중순, 신입생 환영회 장소는 밀양 유천으로 정해졌다. 우리 과 학생들은 동대구역에서 만나 완행열차를 타고 밀양으로 갔다. 역에서 내려 걸어서 도착한 유천에는 미루나무 연초록 잎들이 이제 막 피어오르기 시작하여 그야말로 연초록 천지였다. 환영회 장소에는 학회장과 선배 몇 사람이 와 있었다.

간단한 인사가 끝나고 야유회가 시작되었다. 학회에서 준비해 온 음식으로 점심 식사를 하고 막걸리가 몇 잔 돌자 어색한 분위기가 친근한 분위기로 바뀌었다. 강의실에서는 하지 못했던 이야기들이 쏟아지기 시작하여 분위기가

작은 숲지기의 꿈

고조되자 ㄱ이 기타를 치며 노래를 부르기 시작하였다. 빙 둘러앉아 이야기를 나누던 학생들도 함께 손뼉을 치며 노래를 따라 부르기 시작하였는데, 일부 남학생들은 자리에서 일어나 어색한 몸짓을 섞어가며 흥을 돋웠다.

우리가 흥겨운 시간을 보내고 있을 때 미루나무 숲 입구에 ㄷ참치라는 로고가 선명한 트럭이 한 대 서 있었다. 그 트럭 옆에서 담배를 피우고 있던 젊고 준수하게 생긴 남자 한 사람이 우리가 노래하고 춤추고 있는 모습을 유심히 바라보고 있었다. 우리는 조금 있다 가겠지 하며 대수롭지 않게 생각하였는데 그는 계속 우리 쪽을 보고 있었다.

그때 술기운이 오른 현역 남학생들이 그 사람에게 가 잠시 이야기를 하더니 데리고 왔다. 그리고 무차별적으로 막걸리와 안주를 권했다. 그 남자는 스스럼없이 막걸리를 받아 마셨고 취기가 오르자 우리와 한 팀이 되었다. 함께 노래하며 연초록 새순이 하늘거리는 강변 분위기에 취해 있던 그가 갑자기 트럭으로 가더니 시동을 켜 차를 우리 가까이 주차시켰다. 그리고 당시 유행하던 카세트 테이프를 넣고 볼륨을 높였다. 기타를 치고 손뼉을 치며 노래하던 서정적 분위기에서 갑자기 쿵쾅거리는 요란한 분위기로 급반전하였다.

트럭 운전석 스피커를 통해 흘러나오는 노래는 강변의 분위기와는 대비되는 묘한 분위기를 연출하였다. 학생들은 나이트클럽이라도 온 것 같은 기분으로 신이 나 있었다. 그리고 몸을 더 자유롭고 거칠게 흔들며 젊음을 발산하는데, 우리 예비역들은 잠시 물러나 물끄러미 그들을 지켜보았다. ㄷ사 남자 직원은 학생들과 한 무리가 되어있었다. 다른 가수 노래가 몇 곡 나오더니 80년대 인기 있었던 강병철과 삼태기의 「삼포 가는 길」이 흘러나왔다. 모두 박수로 환호하며 목청을 드높여 노래를 따라 불렀다. 연초록 새순은 우리들의 머리 위에서 가늘게 떨리고 있었다.

바람부는 저 들길 끝에는 삼포로 가는 길 있겠지
굽이굽이 길 걷다 보면 한 발 두 발 한숨만 나오네
아아 뜬구름 하나 삼포로 가거든
정든 님 소식 좀 전해 주렴 나도 따라 삼포로 간다고
사랑도 이제 소용없네 삼포로 나는 가야지

막걸리에 취하고 연둣빛 새순에 마음이 녹은 우리 일행과 그 사원은 늦은 오후까지 미루나무 숲을 헤맸다. 이처럼 「삼포가는 길」은 유천 강변의 연초록 싱그러움과 젊음의 열기를 끈끈하게 이어주었던 노래였고, 우리 젊은 날의 낭만과 추억을 더욱 깊게 새겨준 노래였다.

작은 숲지기의 꿈

추억과 오늘 •

우리 아이들이 어렸을 적이다. 어린이날을 맞아 기차로 밀양 유천을 찾았다. 강변의 모습은 그대로였다. 옛 기억을 되살려 그때 우리과 학생들이 흐드러지게 꽃피웠던 그곳에 자리를 깔고 어린이날을 축하하는 우리만의 행사를 가졌다. 오월이지만 여전히 초록 잎들은 저희끼리 간지럼을 태우며 강가의 운치를 되살리고 있었다. 문득문득 그 시절 그 얼굴들이 떠오르고 안부가 궁금하였다.

02.

체면과 격식을 파하며,
밤에 피는 장미

    늦깎이 대학 생활의 첫해가 마무리로 접어들고 있었다. 신입생 환영회, 체육대회, 중간·기말고사, 여름방학으로 이어진 1학기 학사일정보다 2학기 학사일정은 의외로 빨리 지나갔다. 12월 중순 기말고사가 끝나니 긴 겨울방학이 기다리고 있었다. 과 대표와 부대표는 종강 파티 장소를 공고하였는데 장소는 정문 앞 지하다방이었다.

    종강 파티가 있는 날 저녁, 정문 앞 지하다방으로 가니 다방 중앙을 비워놓고 양 옆으로 의자와 테이블이 잘 정리되어 있었고 테이블 위에는 저녁 식사를 대체할 수 있는 음식과 과일 그리고 맥주와 음료수가 준비되어 있었다. 현역 학생들이 먼저 와서 준비해 놓은 것 같았다. 학생들이 모이자 간단한 저녁 식사와 함께 맥주와의 친교가 시작되었다. 1학년을 마치고 입대하는 남학생들이 있었는데, 그들은 지난 시간을 더 아쉬워하며 맥주잔을 들었다. 일부러 담담한 모습을 보였지만 순간순간 불안과 염려의 기색이 역력했다. 우리 예비역들은 너무 걱정하지 말라고 위로하고 시간은 금방 지나간다며 다독였다.

이런저런 이야기들이 오가며 분위기가 무르익는데 갑자기 불이 꺼지더니 천장 위에서 조명이 빙글빙글 도는 것이 아닌가? 우리 과 남학생 중 비호극단에서 활동하는 ㅎ이 이 조명을 설치했을 것이라는 짐작이 갔다. 또 DJ박스 안에는 이 다방의 DJ로 활동하는 국어과 선배 여학생이 음악을 선곡하고 율동하며 분위기를 돋우기 시작하였다. 음악의 볼륨이 커지자 기다렸다는 듯이 현역 학생들이 우르르 홀 가운데로 몰려가 춤을 추기 시작하였다.

예비역들은 쭈뼛거리며 눈치를 보고 있는데 현역 학생들이 우리의 손을 이끌고 중앙 공간으로 데리고 갔다. 그리고 우리를 가운데 두고 빙 둘러서 춤을 추는 게 아닌가? 어색하여 어찌할 줄 몰라 엉거주춤하며 서 있는데 그들은 가까이 다가와 나의 어깨를 잡고 춤추는 동작을 유도하였다. 이미 맥주 몇 잔으로 기분이 거한 상태라 체면을 뒤로하고 분위기를 맞추기 위해 어깨를 들썩이며 춤 대열에 합류하였다. 시간이 지나자 더 강렬한 음악이 귀청을 때렸다. 그 노래가 다름 아닌 어우러기의 「밤에 피는 장미」였다. 이 노래는 웅장한 스피커 음을 타고 지하다방을 완전히 마비시켜 버렸다.

아 밤에 피는 장미 나의 사랑 장미 같은 사랑
돌아오지 못할 시절 한 떨기 장미 같은 사랑
아 밤에 피는 장미 나의 사랑 장미 같은 사랑
돌아오지 못할 계절 한 떨기 장미 같은 사랑

1985년 강변 가요제 금상인 이 노래는 라디오에서 두어 번 들었지만 내 취향이 아니어서 그다지 관심이 가지 않은 노래였다. 그러나 이러한 생각은 그날 밤 완전히 산산조각 나고 말았다. 노래가 내게 맞고 안 맞고가 아니라 어떤 상황과 분위기에서 듣는가가 중요하다는 사실을 비로소 알게 된 것이다. 이 노래는 정적 취향인 나에게 동적인 노래도 수용 가능하다는 사실을 입증해 주었다. 후렴 부분에서 모두 혼이 빠진 사람처럼 목소리 높여 불렀던 이 노래는 나의 초보 대학 시절을 마무리하며 또 하나의 추억을 쌓게 한 노래였다. 우리는 그날 밤 격식과 체면을 내려놓고 마음껏 젊음을 발산하였다.

추억과 오늘 ••••••••••••••••••••••••••••••••••

대학을 떠난 지 20년의 세월이 흐른 뒤 대명동 캠퍼스를 찾았을 때, 교문 앞 지하다방은 셔터가 내려져 있었다. 학생들이 즐겨 찾던 한창 시절에는 자리가 부족하였건만. 아쉬운 마음으로 돌아서는 나를 위로해 준 것은 '상록반점'이었다. 지하다방 위쪽에 자리 잡은 상록반점은 옛 모습 그대로 건재하였다. 가끔 들러 자장면이나 짬뽕을 시켜 먹던 중국집이었다. 그나마 '상록반점'이라도 그대로 있으니 조금은 위로가 되었다. 캠퍼스로 들어서며 자신들의 길을 묵묵히 걷고 있을, 그 날 1985년을 마무리하며 격정적으로 겨울밤을 함께했던 우리 과 학생들이 몹시 그리웠다.

03.

야학 교실의 세레나데,
이름 모를 소녀

1985년 사범대학 국어교육과에 입학한 나는 호기심과 긴장감을 가지고 대학 생활을 시작하였다. 대학 캠퍼스가 이원화되어 대명동에는 대학 본부와 대학원, 사범대, 가정대, 그리고 야간대학이 있었고 다른 대학은 경산에 자리 잡고 있었다.

대명동 출신들은 졸업 후 캠퍼스에 대한 애착이 강하였다. 이것은 대학 시절 내내 대명 시장과 친숙하여 그 추억이 많은 부분을 차지하는 것은 아닐까 하는데, 이 추억의 많은 부분은 대명 시장에 있는 분식집에서의 추억일 것으로 추측한다.

작은 숲지기의 꿈

강의실과 분식집 그리고 아르바이트 현장으로 분주한 발걸음을 재촉하던 한 해가 마무리될 무렵, 캠퍼스 안에 대학생들이 운영하는 '대구혜인학교'라는 야학이 있다는 사실을 알았다. 나 역시 사범대생인 만큼 야학에 함께하고 싶다는 생각이 간절하여 야학 교사에 지원했다.

1986년 1월 한 달 동안 매일 밤 대구혜인학교에서 4명의 교사지원자와 함께 다양한 연수를 받았다. 이때 받은 연수는 내가 교사가 되어 학교생활 하는 데 많은 도움이 되었다.

1개월의 연수를 마치고 그해 2월부터 중등반(매화,난초반)을 맡아 수업을 시작하였는데, 수업외 업무는 학교신문과 교지였다. 교사가 대학생이라는 것을 제외하면 교육과정은 일반 학교와 거의 같았다. 입학식과 졸업식, 봄·가을 소풍, 중간·기말고사 등. 그러나 수업시간은 조금 적었다. 저녁 7시 20분에 시작하여 10시 20분까지 하루 4시간의 수업이었다. 암기과목은 1,2교시, 비중이 높은 과목은 3,4교시에 수업을 하였다. 이렇게 공부한 학생들은 한 해 두 번 치르는 검정고시에 응시하여 중·고등 졸업 자격을 취득하였다. 국어 과목을 맡은 나는 일주일에 두 번 야학으로 가서 3,4교시 수업을 하였다. 그리고 학교신문은 한 달에 한 번 발간하였다.

사명감으로 무장한 야학 교사들의 모습을 지켜보며 나는 교사가 갖추어야 할 많은 것들을 배웠다. 교사로서 지녀야 할 많은 부분을 대구혜인학교에서 배웠다고 해도 과언은 아닐 것이다. 그만큼 야학은 나에게 큰 영향과 가르침을 주었다. 2년 임기를 뽑는 교감도 겨울방학 전체연수에서 교사들이 직접 선출하고 학교운영도 교사회의에서 의논하여 실행하였다. 어쩌면 대한민국에서 찾아보기 힘든 민주화된 학교였다.

학생들은 대부분 직장에 다녔기에 등교가 늦었다. 1교시 후반이나 2교시에 오기가 일쑤였고 더러는 야근한다고 빠지기도 하였다. 중·고등 과정을 일과 병행한다는 것은 결코 쉬운 일이 아니었다. 학생들은 학교에 와서도 졸음에 시달려야 했다. 학생들의 연령도 높아 20대 초, 중반, 그리고 30대, 60이 넘은 아주머니 한 분이 계셨다. 가끔 가뭄에 콩 나듯 10대 후반의 학생이 입학하여 귀여움을 받기도 하였다.

연수 시절 대구혜인학교 교사 참관수업이 있었는데 나는 국어과 ㅇ선배의 수업을 참관하였다. 하얀 얼굴에 깔끔한 외모의 선배는 노련하게 수업을 하였다. 수업 도중 나이 많은 학생들이 노래를 불러 달라고 장난삼아 신청하니 ㅇ선배는 스스럼없이 칠판에 노래 가사를 적더니 낮은 목소리로 부르기 시작하였다. 그 노래가 「이름 모를 소녀」였다.

버들잎 따다가 연못위에 띄워놓고
쓸쓸히 바라보는 이름 모를 소녀

작은 숲지기의 꿈

밤은 깊어가고 산새들은 잠들어
아무도 찾지 않은 조그만 연못 속에
달빛 젖은 금빛 물결 바람에 이누나
출렁이는 물결 속에 마음을 달래려고
말없이 바라보다 쓸쓸히 돌아서
안개 속에 사라져간 이름 모를 소녀

한 편의 시와 같은 이 노래는 20대 중반의 나에게 깊은
울림을 주었다. 고요한 야학 교실에 낮게 울려 퍼지던 이
노래는 수업을 받던 학생들에게 그리움의 한 페이지가 되
고, 옛 기억의 뜰을 거닐고 싶을 때마다 펼쳐 보는 한 장의
앨범이 되었을 것이다.

추억과 오늘 ●

「대구혜인학교」를 떠올리면 내 심장의 박동은 빨라지고 기억은 빛
난다. 나의 생애에서 가장 빛나고 아름다웠던 시절이었고 가장 깨
어 있던 시간이었다. 학생, 아르바이트, 야학교사, 1인 3역을 맡았던
시절, 학생이 본업이 아니라 야학 교사가 본업이라고 자평하였던
시절, 항상 시간에 쫓기는 날들이었지만 마음 뿌듯하고 아름다운
시절이었다. 그 시절로 다시 돌아갈 수 있다면 한순간의 망설임 없
이 돌아가고 싶은 내 인생의 황금기였다.
결혼하여 진주에 둥지를 틀고 있을 때 우리 반이었던 나이 많은

ㄱ과 ㅅ이 찾아 왔다. 좁은 신혼집에서 함께 점심 식사를 하며 야학 시절의 이런저런 이야기를 나누다 오후에 대구로 돌아갔다. 내가 담임을 맡았을 때 ㄱ은 이런 이야기를 털어놓았다. "선을 보러 가니 아가씨가 학교를 어디까지 나왔냐고 물었다. 그래서 앞으로 중학교 공부를 할 것이라 하였더니, 바로 일어나며 나는 중학교를 나왔는 데 초등학교 졸업자와는 결혼할 생각이 없다며 바로 나가버려서 정말 기분이 나빴다. 그래서 야학에서 공부하여 고등학교 졸업 자격은 딸 것이다." 그런 ㄱ이 오토바이 사고로 세상을 떠났다는 소식을 들은 것은 그로부터 몇 년 지난 후의 일이다. 마음이 몹시 아팠다. 그가 살아있다면 일흔의 나이인데.

나는 야학 교사연수 1개월, 야학 교사 24개월, 교생실습 1개월, 모두 합하여 26개월 교육실습을 경험하고 현직 교사가 되었다. 교사가 되어 야학에서 가졌던 교육에 대한 나름의 신념을 지키기 위해 고심하였고, 그런 만큼 교사로서 마음속에 품고 있던 이상적인 학교에 대한 열망이 컸다. 그러나 교육 현실은 이러한 나의 이상과는 너무 거리가 멀었다. 그렇지만 학교 현장에서 그 이상에 조금이라도 다가서기 위한 고민을 거듭하였다.

04.
변함없는 모습을 다짐하는,
지금 그대로의 모습으로

사회교육원 일을 도우며 야학 담임을 맡고 있던 1986년 가을 아침, 나를 찾는 급한 전화 한 통이 있었다. 우리 매화 반에서 나이가 제일 많은 ㅇ이었다. 그는 다짜고짜 "선생님, 큰일 났어요. 빨리 와야 할 것 같아요"하였다.

무슨 일이냐고 물으니, 자취방에서 함께 놀다 ㅇ이 사인 펜을 던졌는데 그게 우리 반에서 나이가 제일 어린 ㄱ의 눈 동자에 꽂혀있다는 것이다. 나는 순간 앞이 캄캄하였다. 이 것은 보통 심각한 문제가 아니었다. 우선 마음을 가다듬고 ㄱ을 택시에 태워 가장 가까운 영남대학병원 응급실로 오 라하고 나도 응급실로 바로 갔다.

내가 먼저 도착하여 기다리고 있으니 ㅇ이 ㄱ을 데리고 응급실 안으로 들어오는데 눈에는 사인펜이 그대로 박혀 있었다. ㅇ의 얼굴은 하얗게 되어있었다. 급히 등록하여 안과 교수의 진료를 받았다. 담당 교수는 조심스럽게 눈동자의 상태를 살피고 눈에서 사인펜을 분리하였다. 그리고 24시간 안에 수술하지 않으면 실명된다고 하며 빨리 수술 수속을 받으라 하였다.

나는 원무과로 가서 수술을 받기 위한 수속을 하려고 하였으나 보증금이 있어야 한다며 난색을 표하였다. 몇 번 사정을 말해도 창구에서는 요지부동이었다. 그래서 원무과 사무실로 가서 원무과장님을 찾았다. 인자한 모습의 과장님은 나의 급한 사정을 듣더니 창구로 가서 여직원에게 우선 입원 수속을 진행하라고 하였다. 그리하여 ㄱ을 입원시켰는데, 수술을 위해서는 어느 정도의 선금을 내야 한다는 것이었다.

나는 모든 것을 제쳐두고 급히 팔공산 근처에 있는 ㄱ의 집을 찾아갔다. 어머니는 일찍 세상을 떠나시고 나이가 많은 아버지 혼자만 사는 집에는 적막감이 돌았다. 사정을 듣지 않아도 집안의 형편을 알 수 있었다. ㄱ의 아버지는 눈물을 글썽이며 나에게 잘 부탁한다는 말씀만 되풀이하셨다. 앞일이 막막하였다.

다시 대학병원 원무과로 와서 과장님께 ㄱ의 집안 사정

을 이야기하고 우선 수술을 받게 해 주시면 병원비는 반드시 납부하겠다고 애원하였다. 그리고 저 어린 학생의 눈이 실명되면 장차 어떻게 살아가겠냐며 떼를 썼다. 과장님은 난감해하시며 한참을 생각하더니 옆에 있는 직원과 상의를 하셨다.

그리고 나에게 수술비와 입원비는 반드시 납부하겠다는 약속을 하라고 하였다. 그래서 나는 어떤 방법이든 약속을 하겠다고 하였다. 서약서가 있으면 쓰겠다고 하였더니 사범대학생이니 내 말을 믿겠다고 하시며 수술절차를 밟아 주셨다. 그리고 그날 밤 ㄱ은 수술을 받았는데 결과는 아주 좋았다.

문제는 수술비와 일주일 입원비였다. 대략 원무과에 알아보니 200만 원 정도가 될 것이라고 하였다. 지금도 200만 원이 적은 돈이 아니지만 1986년 당시는 분명 큰 돈이었다. 당시 자장면 한 그릇 값이 5-600원 정도 하던 시절이었으니. 우선 야학 교감 선생님께 이야기하여 모금 운동을 하고, 학감님과 우리과 교수님들께 사정을 말씀드렸더니 흔쾌히 도와주셨다. 그리고 주위 학생들에게도 도움을 청했다.

병원비 마련을 위해 정신없이 뛰어다니던 중 대학병원 원무과의 연락을 받았다. 의료 보험증이 있으면 병원비가 낮아지니 동사무소에 연락해 보라는 반가운 소식이었다.

저소득층이니 어쩌면 가능할지 모른다고 하면서. 순간 눈이 번쩍 뜨였다. 그때만 하더라도 의료보험제도가 지금처럼 전 국민으로 확대되지 않은 상황이었고 저소득층 의료보험은 동사무소에서 관리하는 것 같았다.

곧바로 ㄱ의 주소지 동사무소를 찾았다. 그러나 의료보험은 등록되어 있지 않았다. 아마 나이 많으신 부모님도 모르고 계시는 것 같았다. 지금 신청하면 언제쯤 가능하냐고 물어보니 앞으로 일주일은 더 걸린다고 하였다. 그러면 아무 소용이 없었다. 소급 적용하여 발급해 줄 수 있느냐고 조심스럽게 이야기하니 한마디로 행정이 어린애 장난이냐고 역정을 내었다.

답답한 상황이었다. 이 궁리 저 궁리를 하다 지역구 국회의원 사무실을 찾았다. 젊은 직원이 ㄱ의 사정을 진지하게 듣더니 의원님은 서울 계시니 전화로 연락을 해보겠다고 하며 내 연락처를 적어 놓으라 하였다. 나는 사회교육원 전화번호와 주인집 전화번호를 적어 놓고 돌아왔다.

다음 날 아침 학교로 출발하려는데 자취집으로 전화가 왔다. 국회의원 사무실 직원이었다. "의원님께 전화로 말씀을 드리니 사정이 딱하다고 하시며 바로 동장에게 전화를 하여 의료 보험증을 만들어 놓으라 했으니 오전에 동사무소에 들러 찾아가라"는 너무 고마운 전화였다. 그것도 날짜를 소급하여 만들어 줄 것이라고 하였다. 나는 뛸 듯이 기뻤다.

그러면 하나는 해결되는 셈이었다. 지금은 어림없는 이야기지만 그 당시는 이런 것이 통용되던 시대였다. 학교로 가지 않고 바로 동사무소로 가니 전날 그렇게 단호했던 직원이 친절한 자세로 의료 보험증을 건네주었다. 나도 감사하다고 몇 번 고개를 숙였다.

좋은 일은 또 있었다. 그날 오후 아내와 친구인 국어교육과 ㅈ선배가 봉투를 건네주었다. 지난번 가족 예배 때 모은 헌금인데 좋은 곳에 사용하게 되어 기쁘다고 하면서. 선배에게 고맙다는 인사를 하고 봉투를 열어보니 9만 원이 가지런하게 들어있었다. ㅈ선배의 고운 마음이 너무 고마웠다. 그 돈은 큰 보탬이 되었다. 그때까지 이리저리 뛰어다니며 모금한 금액이 120만 원 정도 되었다. 우선 그 돈으로 중간 정산을 하였다. 의료보험도 도움이 되었지만 적용되지 않은 부분이 있었다. 원무과장님은 병원 직원들에게 적용하는 가족 혜택을 적용시켜 전체 병원비 10%를 감면해 주셨다. 그렇게 하니 남은 잔액이 20여만 원 정도였다.

이 사실을 병실에 와 있던 ㄱ의 큰 누님(당시 40대 정도의 나이로 ㄱ과는 나이 차이가 있었음)께 이야기하였더니 눈물을 흘리면서 나머지는 자기가 꼭 마련하겠다고 하였다. 그래서 병원비는 해결되었다.

ㄱ이 입원한 지 일주일 되어 퇴원시키려고 병실에 들렀

다. 그동안 자기보다 나이 많은 안과 환자들에게 얼마나 재롱을 떨었던지 그들은 ㄱ의 퇴원을 아쉬워하였다. ㄱ은 입원실 문을 나서며 거수경례를 하며 온몸을 꽈배기처럼 꼬는 연기를 보여주었다. 언제 아팠냐 싶을 정도로 철없이 시시덕거리는 그를 데리고 원무과장님을 찾았다. 과장님은 ㄱ의 손을 잡고 쓰다듬어 주셨다. 나는 진심으로 과장님께 감사드리고 준비해 간 음료수를 드렸더니 안 받으려 하시며 오히려 큰 도움을 주지 못해서 미안하다고 하셨다.

주위 원무과 직원들께 묵례하고 원무과를 나서는데 과장님도 따라 나오셨다. 한참을 따라 나와 우리를 병원 현관 밖까지 배웅해 주셨다. 순간 눈물이 핑 돌았다. 나와 ㄱ은 다시 허리를 숙여 감사 인사를 드리고 돌아섰다. 돌아서서 영남공업전문대학 캠퍼스 방향으로 걸어 나오는데 가을 햇살이 온몸으로 파고들었다. 순간 지난 일주일간 나를 무겁게 억눌렀던 중압감이 사라지는 듯한 홀가분함이 밀려들었다.

강의도 제쳐두고 병원비 마련을 위해 동분서주한 지난 일주일의 시간, 몸은 고되고 마음은 무거웠지만 한 학생을 원래의 모습으로 되돌려 놓은 일은 마음 뿌듯하고 감사한 일이었다. 그 과정에서 만난 마음 따뜻한 분들의 위로와 도움은 큰 힘이고 위안이었다. 유열의 「지금 그대로의 모습으로」는 1986년 가을의 기억을 되살리게 하여 마음 뿌듯했던 시간을 떠올리게 한다.

> *사랑하는 그대 더 이상의 말도 더 이상의 눈길도 원*
> *하지 않아*
> *내겐 필요치 않아 바로 지금 지금 그대로의 모습으로*
> *나에게 남아주오*

이 노래의 마지막 가사 "지금 그대로의 모습으로 나에게 남아주오"에서 나는 삶을 대하는 나의 자세를 다시 한 번 확인하고자 하였다. 젊고 뜨거웠던 그 시절의 내 모습, 사범대생과 야학교사로서 간직해야 했던 자세와 신념을 잃지 않고 내가 발 딛고 서 있는 어디에서든 잘 지켜 가자고, 그리고 그 자세를 잃지 않으려는 작은 몸부림을 치면서 지금까지 나의 길을 걸어왔다고.

추억과 오늘 ·····································
벌써 36년의 세월이 흘렀다. 그때 눈 수술을 받았던 ㄱ도 50의 나이를 넘겼으리라. 어디에서 무엇을 하며 사는지는 몰라도 주변을 웃기는 특유의 재능과 장난기 가득한 모습으로 잘살고 있을 것이라 믿는다.

05.

뜨거웠던 6월의 함성,
임을 위한 행진곡

1987년 6월은 계절의 열기보다도 더 뜨겁게 민주화를 향한 염원이 활화산처럼 타올랐다. 국민들의 함성이 높아지고 저항이 거세질수록 거리에는 최루탄 연기가 자욱하였다.

기말고사를 앞두고 도서관으로 향해야 하는 학생들의 행렬이 운동장으로 모여들었다. 이 대열에는 대명동 캠퍼스에 소재한 사범대와 가정대 학생들이 동참하고 경산 캠퍼스에 소재한 대학에서도 합류하여 갈수록 참여 인원이 늘어나 시내로 진출하는 행렬이 길어졌다. 대통령 직선제 쟁취와 민주주의 회복을 위한 염원으로 뭉쳐진 대학생들의 저항은 민주주의에 대한 염원을 강하게 표출하며 보수적인 대구 시민들의 큰 호응을 얻었다.

　6월 중순, 장맛비가 세차게 내리는 날에도 우리 대학 학생들은 대명동 캠퍼스 운동장에 모여 시내로 행진하기 위해 대열을 정비하였다. 여학생들은 가운데 서고 남학생들은 양쪽에 정렬하여 교문으로 나아갔다. 나는 같은 과 ㅅ, ㅎ형과 대열의 중간에 있었는데, ㅎ형은 여학생 가방을 두 개나 받아서 매고 있었다. 그러나 교문에는 완전무장한 경찰기동대가 빽빽하게 포진해 있었고 교문이 굳게 잠겨 있었다. 우리가 나아가자 경찰은 최루탄을 발사하기 위해 준비하고 있었다. 그때 앞장서 있던 지도부는 학교가 최루탄에 휩싸이는 일은 막아야 한다는 판단을 하고, 각자 흩어져 옆문으로 나가 학교 앞 큰길에서 모이자고 외쳤다.

　학교 옆 큰길에 모여 시내로 행진하는 학생들의 규모는 이천 명은 넘어 보였다. 학생들의 긴 행렬이 비를 맞으며 시내로 나아가자 수많은 시민들이 거리로 나와 박수로 환영해 주었고, 그중 젊은이들은 우리의 뒤를 따라 시내로 향했다. 대구의 중심지에 가까운 동아백화점 앞에 이르니 차량들이 우회하여 거리를 비워 주었다. 물론 경찰이 효과적인 진압을 위해 교통을 통제하기도 하였지만. 우리 대학 학생들과 다른 대학 학생들 그리고 시민들이 넓은 도로를 가득 메웠다. 그리고 직선제를 수용하고 민주주의를 위해 독재정권은 물러가라는 결의문을 목청이 터지도록 함께 외쳤다.

수많은 학생들과 시민들이 넓은 도로를 가득 메워 결의문을 낭독하고 구호를 외치는 사이 경찰은 조용히 우리 대열 주위를 포위하고 있었다. 그리고 대열의 발 사이로 사과탄을 굴려 넣는 동시에 머리 위로 최루탄을 발사하였다. 처음에는 손으로 입과 코를 막고 견디었으나 갈수록 콧물과 재채기가 심하여 힘들어할 때 경찰의 체포 작전이 시작되었다. 우리는 우선 피신하기로 하고 각자 흩어졌다.

　앞을 보기 힘들 정도로 눈물과 콧물이 흘러 도저히 앞으로 달릴 수 없었다. 할 수 없이 도로 옆에 있는 건물로 들어갔는데, 그곳이 병원이었다. 우리가 병원으로 들어가니 먼저 도착한 학생들이 있어서인지 병원 안 여기저기에서 재채기 소리가 났다. 우리는 화장실로 가서 눈과 코를 씻고 옷에 묻은 최루탄 가루를 물 묻힌 손으로 털어냈다. 그래도 계속 눈물과 콧물이 흘러나왔다. 미안한 마음으로 병원을 나와 골목길을 돌고 돌아 경찰을 피하여 학교로 돌아왔다. 학교로 돌아오니 눈이 빨갛게 충혈된 학생들이 곳곳에서 비를 맞으며 이야기를 나누고 있었다. 다시 화장실로 가서 세수하고 비에 젖은 윗옷을 벗어 간단하게 세탁하였다.

　다음날도 그 다음날도 시내로 진출하여 경찰의 최루탄 세례를 받았다. 하루는 동대구역으로 진출하여 군부대에 입소해 군사훈련을 받고 오는 1학년 재학생들을 환영하며 합류하였다. 그런데 군사훈련이 막 끝나 해방된 기분으로

　　　　　　　　　　　　작은 숲지기의 꿈

열차에서 내린 학생들에게도 가혹하게 최루탄이 쏟아지니, 그들은 어찌할 줄 몰라 하며 선배들을 원망하였다. 그 원망의 소리를 듣는 것이 마음 아팠다.

그래도 우리는 시내로 진출하고 또 진출하여 뜨거운 열정으로 민주주의에 대한 의지를 불태웠다. 이때 우리가 응어리진 가슴으로 목청을 다하여 부른 노래가 「임을 위한 행진곡」이었다.

  사랑도 명예도 이름도 남김없이
  한 평생 나가자던 뜨거운 맹세
  동지는 간 데 없고 깃발만 나부껴
  새날이 올 때까지 흔들리지 말자

강의는 전폐하고 직선제를 쟁취하여 민주주의를 이루겠다는 신념 하나로 온 국민이 함께 뭉쳐 나아가던 6월의 함성과 저항은 29일 직선제를 수용한다는 집권당 대표의 선언으로 일단락되었다. 그러나 뜨거웠던 6월의 열정은 우리의 가슴에 시대정신으로 소중하게 간직되고, 우리가 발 딛고 있는 현실의 곳곳에서 재점화되어 국민의 존엄성과 민주주의를 지키는 보루로 남아 있다. 그리고 지금보다 더 나은 세상, 국민이 주인인 세상을 만들어가는 소중한 밑거름 역할을 하고 있다.

6.29 선언 이후 과목별로 기말고사가 진행되었다. 그런데 교육학을 담당하는 교수님이 내가 아르바이트를 하는 사회교육원 원장인 ㅅ교수님이었는데, 나와는 친밀한 사이였다. 교수님이 사무실로 직접 전화를 하셨다. "성적 처리 하다 보니 자네만 시험을 치지 않았네. 다음 학기에 재수강을 할 텐가?, 아니면 지금 와서 시험을 칠 것인가?" 아주 냉정한 목소리였다. 나는 시험준비를 제대로 하지 못했지만 재수강보다는 시험을 치기로 하고 바로 교수님 연구실로 갔다.

한 시간 정도 지나 답안을 제출하니 나를 옆에 앉으라 하셨다. 그리고 빨간 사인펜으로 채점을 하시며, "이건 왜 이렇게 답안을 썼지?" 그리고 "이건 이렇게 쓰면 안 되지"하시며 인정사정없이 빨간 줄을 좍 그으며 아주 냉정하게 채점을 하셨다. 채점하시는 교수님을 지켜보며 나는 미안함과 부끄러움을 느꼈다.

결과는 C학점이었다. 전공과 교육학 과목 중 가장 낮은 점수였다. 채점이 끝나고 교수님은 "그동안 시위한다고 제대로 공부하지 못한 것 알고 있다. 그러나 교사가 될 사람은 어떠한 상황에서도 교육학 공부는 제대로 해야 하지 않겠느냐?"라고 하셨다. 나는 다시 한 번 부끄러움을 느끼며 인사를 드리고 연구실을 나왔다.

중요 과목인 교육학 점수를 C로 받았지만, 나는 교사에게 정직하게 요구되는 공(公)과 사(私)를 구분하는 소중한 가르침을 배웠다. 그 후 나는 공사의 구분에 있어서 조금의 주저함도 없이 엄격하게 실행에 옮겼다.

06.

그리움
한 소절

　나와 아내는 대학 시절 평생교육을 담당하는 대학부설 사회교육원에서 처음 만났다. 공부와 아르바이트를 병행하던 나는 1986학년도 1학기에는 대학도서관 논문자료실에서 근무하였고, 2학기부터는 사회교육원에서 근무하였다. 그때 나보다 먼저 근무하고 있던 학생이 지금의 아내였다. 국어교육과 1년 선배이기도 한 아내는 나처럼 만학도였다. 상업계 고등학교를 졸업하고 5년 동안 직장에 다니며 대학 학비를 마련한 후 대학에 입학하였다.

　처음 사회교육원에 인사를 하러 갔을 때의 이미지는 긴 파마머리에 청아한 모습이었다. 국어교육과 후배라고 하자 내 어깨를 살짝 치면서 "후배라 더 반갑습니다"하였다.

　1986년 10월의 토요일, 구미여성대학 졸업반 방문객들이 모교를 방문하는 날, 모교 방문객들이 학생회관인 웅지관에서 점심식사를 마치고 사진을 찍으며 자유 시간을 가질 때, 나는 학생회관 화단에 화사한 가을 햇살을 머금고 닭벗처럼 꼿꼿하게 솟아 있는 맨드라미를 보며, 고향집 장독대 옆에 피어 있을 맨드라미 생각을 하고 있었다.

　해마다 이맘때쯤 장독대 옆을 지키던 맨드라미는 그 빛깔이 가을 분위기와 잘 어울렸다. 도란도란 이야기를 여학생(지금의 아내)과 나누고 있었는데, 구미에서 모교방문단과 함께 온 사진사 아저씨가 우리 두 사람에게 사진 한 번 찍는 게 어떠냐고 제안하기에 아무런 거리낌 없이 자연스럽게 찍었다. 그 사진이 우리가 함께 찍은 사진 중 기억에 남는 사진이다. 많은 시간을 함께하고 여러 행사를 도우며 자연스럽게 가까워진 우리는 마침내 1987년 7월 중순 서로의 마음을 확인하였다.

　그해 8월 하순, 우리는 진주를 거쳐 하동 쌍계사를 찾았다. 법정 스님의 책을 통하여 불일폭포를 알게 되었고, 그해 오월 대학 수학여행 때 들러 차가운 폭포수에 교수님 찬물 세례를 받게 했던 추억의 장소에 함께 가보고 싶었다. 더운 여름 날씨에 돌길을 오르는 일은 쉽지 않았다. 한참을 오르니 초가로 된 고즈넉한 산장이 나왔다. 고추잠자리 나

164　　　　　　　　　　　　　　　　　　　　　작은 숲지기의 꿈

직이 날고 정적만 감도는 그곳에서 여름날의 정취를 느끼며 잠시 쉬는데, 지난 오월 수학여행의 추억이 떠올랐다.

산길 아래로 내려가니 불일폭포가 있었다. 산을 깎아 만든 듯한 폭포는 매우 높았고 여름이라 수량이 많았다. 폭포 아래로 내려가 손을 씻고 물보라를 맞으며 더위를 식혔다. 한동안 폭포 주위를 맴돌다 올라오며 아내는 「그리움」 한 소절 한 소절을 직접 노래하며 나에게 가르쳐 주었다.

기약 없이 떠나가신 그대를 그리며
먼 산 위에 흰 구름만 말없이 바라본다
아 돌아오라 아 못 오시나
오늘도 해는 서산에 걸려 노을만 붉게 타네

한 폭의 수채화를 묘사한 것 같은 노래였다. 나는 그때 이 노래를 잘 몰랐지만 불일폭포를 오르며 아내에게 배웠다. 그리고 함께 노래를 부르며 불일 평전을 걸었다. 여름 오후의 불일 평전은 강렬한 햇살 속에서 정적만이 감돌았다. 그때 우리가 함께 불렀던 「그리움」은 메아리가 되어 불일 평전과 폭포 계곡에 촘촘하게 간직되어 우리의 추억을 기억할 것이다.

추억과 오늘 ·

진주에 터전을 잡으면서 가끔 섬진강과 불일폭포를 찾는다. 산장
은 주인이 세상을 떠나고 난 뒤 폐허로 변했지만, 쌍계사에서 평전
오르는 길과 불일 평전 그리고 폭포는 그대로이다. 산하는 변함없
는데 우리의 젊디젊던 모습은 간데없고 백발 흩날리는 장년이 되
어 그 시절 그 노래를 떠올리는 회고의 시간으로 젊음을 기억하고
있다.

작은 숲지기의 꿈

07.

젊은 날의 아련한 추억, 등불

　4학년이 되자 교생실습과 마지막 학년이라는 핑계로 아르바이트 전선에서 은퇴하고 대신 취업준비에 몰두해야 했다. 그래서 도서관에서 공부도 하고 자료를 찾으며 대학생활을 의미 있게 마무리하고자 하였다.

　1988년 12월 중순, 크리스마스를 앞두고 거리의 분위기는 조금 들떠 있는 듯하였다. 직장인들이 퇴근할 시간이라 거리가 붐비기 시작할 즈음이었다. 도서관에서 나와 자취방으로 가려고 버스를 기다리는데, 30대 중반쯤 보이는 두 사람이 대학생 차림의 젊은이를 붙잡고 사정없이 때리고 있었다. 정류장에는 버스를 기다리는 사람이 꽤 있었는데 말리는 사람은 없고 그냥 구경만 하고 있었다. 나도 그냥 무심하게 지나치려 하였는데 왜소해 보이는 젊은이가 너무 가여웠다. 그래서 가방을 우체국 문 앞에 두고 두 젊은이를 제지시키려 했으나, 그들은 오히려 나에게 화를 내며 남의 일에 신경 쓰지 말라며 계속 젊은이를 붙잡고 발로 걸어차고 있다. 나는 화가 나서 그중 한 사람의 팔을 꺾으며 "그러면 경찰을 부를까?"하니 두 젊은이는 주춤하였다. 그때를 놓치지 않고 "일이 있으면 법으로 해결해야지 폭행은 해결 방법이 아니다"라고 하였다. 그랬더니 그중 한 명이 나를 보자고 하며 우체국 옆 골목으로 데려갔다.

그리고 자기들은 통신회사 직원이라며 신분을 밝혔다. 내가 통신회사 직원이 왜 사람을 때리냐고 반문하자 그는 그 사정을 자세하게 이야기하였다. 우체국 앞에 있는 전화기(시내·외 통화를 할 수 있는 DDD전화기) 부스에서 많은 적자가 발생하여 그 원인을 알고 보니 공짜 전화를 많이 사용해서 그렇다고 하였다. 그래서 공짜 전화하는 사람을 현장에서 잡으려고 추운 날씨에 밖에서 대기하다 보니 감정이 격해져 이렇게 되었다고 하며, 사람들이 보는 데서 이런 모습을 보여 미안하다고 하였다.

나는 나에게 미안할 필요는 없다고 하며 어떻게 할 셈이냐고 묻자, 그는 오히려 나에게 어쩌면 좋겠냐고 물었다. 그는 자신들이 젊은이를 폭행한 사실이 형사상 문제가 된

작은 숲지기의 꿈

다는 것을 알고 있었다. 그래서 나는 서로 잘못이 있으니 서로 합의하는 것은 어떠냐고 제의하였더니 그도 좋다고 하였다. 그래서 젊은이는 통신회사 직원에게 앞으로 어디서든지 공짜 전화를 하지 않기로 약속하고, 그들도 젊은이에게 폭행한 것을 사과하는 선에서 일을 마무리하였다.

그 시절 DDD전화기라 하여 시내와 시외 겸용 전화기가 골목 곳곳에 있었는데 이 전화기가 완벽하지 않아 공짜 전화가 가능하였다. 100원 동전을 넣고 두 번 수화기 걸개를 치면 동전을 더 넣지 않아도 계속 시내나 시외전화를 할 수 있었다. 이것을 공짜 전화라고 하였는데 누가 이 사실을 처음으로 알아냈는지 몰라도 그 시절 DDD 전화기를 자주 이용하는 학생들은 이것을 알고 있었다.

그 일로 시간이 늦었지만, 우체국 앞에 놓아두었던 책가방을 들고 버스를 탔다. 퇴근 시간이라 버스가 몹시 복잡하였다. 책이 가득 들어있는 무거운 가방을 들고 손잡이를 잡고 있는데 누군가 내 가방을 살며시 잡아당기는 것이었다. 사람들이 서 있는 틈 사이로 누구인지 보니 의자에 앉아 있던 아가씨가 내 가방을 받아주겠다는 의사를 표시하는 것 아닌가? 나는 눈인사로 괜찮다는 메시지를 보냈으나 그녀는 웃으며 내 가방을 당겨서 자신의 무릎 위에 올려놓았다. 그리고 가방의 손잡이를 두 손으로 잡았다. 나는 묵례로 감사의 인사를 하였다. 그 시절에는 버스가 만원이라 가방 두기가 쉽지 않아 의자에 앉은 사람이 서 있는 승객들의 짐이나 가방을 받아주는 미덕이 있었다.

20분쯤 지나 내가 내려야 할 정류장에 도착하였다. 그래서 고맙다는 인사를 하고 가방을 받으려 손을 내미니 그녀는 두 손으로 잡고 있던 가방 손잡이를 나에게 건네주었다. 미안한 마음으로 가방 손잡이를 잡으니 그녀의 체온으로 데워진 따스함이 내 손을 타고 그대로 전해졌다. 그 따스한 온기가 남아 있는 가방을 들고 버스에서 내리니 바깥은 한겨울 찬바람 세상이었다. 골목을 스치는 찬 바람을 뚫고 집으로 돌아오며 세상은 아직 훈훈함이 남아 있는 아름다운 터전이라는 것을 손잡이에 남아 있는 그 따사로움으로 확인하였다.

그대 슬픈 밤에는 등불을 켜요
고요히 타오르는 장미의 눈물
하얀 외로움에 그대 불을 밝히고
회상의 먼 바다에 그대 배를 띄어요
창가에 홀로 앉아 등불을 켜면
살며시 피어나는 무지개 추억

영사운드의 「등불」은 모르는 이웃을 위해 따뜻한 마음을 베풀어준 이름 모를 숙녀의 아름다운 마음에 감사하며,

차갑고 어두운 골목길을 흐뭇하게 걸었던 내 젊은 날의 귀
갓길을 추억하는 노래이다.

추억과 오늘 ·
어둠이 스멀스멀 내리는 저물녘, 가끔 이 노래가 듣고 싶을 때가 있
다. 분주한 하루를 마무리하고 편안한 마음으로 맞이하는 저녁 -'그
대 슬픈 밤에는 등불을 켜요'- 잔잔하고 친근한 목소리가 구성지게
들려 오면, 어둠이 내리는 차가운 골목길을 지나 자취방으로 향하
는 나의 20대 모습이 서서히 그려진다.

08.
서귀포 노을의 향연,
지난 여름날의 이야기

88년 올림픽을 앞둔 8월 초순에 제주도로 배낭여행을 떠났다. 나와 여자 친구(지금의 아내), ㅎ형과 그의 친구 이렇게 네 명이 함께 하기로 하였는데, 여행 경험이 많은 ㅎ형이 계획하고 내가 적극적으로 동조하여 이루어진 여행이었다.

우리는 텐트와 부식을 준비하여 대전역으로 가 조용필의 「대전 블루스」에 등장하는 0시 50분 출발하는 목포행 완행열차에 몸을 실었다. 새벽쯤 목포에 도착하여 10시에 제주로 출발하는 여객선에 올랐다. 규모가 작은 여객선 3등실은 생각보다 좁았다. 목포항을 출발하여 20분 정도 지

작은 숲지기의 꿈

나니 배가 흔들리기 시작하여 상승과 하강의 곡선을 타기 시작하였다. 배멀미를 하지 않기 위해 배낭에 기댔다. 진도에 잠시 들러 승객을 태우고 제주도로 가는 동안 배가 심하게 요동쳐 일어설 수도, 무엇을 먹을 수도 없었다. 나중에는 바닥에 누워 제주도까지의 긴 시간을 견디었다.

늦은 오후쯤 배의 요동이 조금씩 멎어졌다. 누군가 제주도가 보인다고 하여 갑판으로 올라가 보니 여전히 파도가 심하여 뱃머리에 부딪힌 바닷물이 갑판 위로 흩어지고 있었다. 간신히 난간을 잡고 고개를 드니 저 멀리 어슴푸레하게 제주도의 모습이 눈에 들어왔다. 우뚝 선 한라산을 중심으로 비스듬하고 너그럽게 자리한 제주도와의 첫 만남이었다.

우리는 제주항에 내려 함덕 해수욕장으로 갔다. 야영장에 텐트를 치고 늦은 저녁을 지어 먹었다. 날이 어두워 바다는 보이지 않는데 바위에 부딪히는 밤 물결 소리가 끊임없이 귓전을 파고들었다. 희미한 불을 밝히고 누군가는 기타를 치고 있었고, 텐트 앞에 둘러앉아 맥주를 마시며 이야기를 나누는 사람들도 있었다. 제주의 밤바다는 젊음의 열정이 분출하는 곳이었다.

다음 날 이른 아침, 함덕 해수욕장을 둘러보고 여행 코스를 제주 왼쪽 방향으로 정하여 출발하였다. 버스를 타고 가다 점심시간이 되면 마을에 내려 골목길 그늘을 찾아 점심을 해결하고 그 주위를 둘러보았다. 성산 일출봉과 만장굴을 거쳐 제주에 온 지 삼 일째 되는 오후, 서귀포 가까운 언덕 야영장에 도착하였다. 작열하던 해가 뉘엿뉘엿 자취를 감추려는 시간에 텐트를 치고 저녁 식사 준비를 하였다. 먼저 온 사람들은 텐트 앞 휴대용 의자에 앉아 저물어 가는 석양을 바라보며 무언가를 흥얼거리고 있었다. 시간이 흐르니 서귀포 여름 바다는 강렬하게 타오르는 불꽃 노을로 가득하였다. 불타는 저편에서 끊임없이 불꽃을 실어나르는 파도의 모습이 장관이었다. 우리는 식사 준비를 하다 말고 넋을 잃고 한동안 서 있었다. ㅎ형은 이 모습을 놓치지 않고 사진기에 담아 두는 것 같았다. 딱따구리 앙상블의 「지난 여름날의 이야기」는 이런 추억으로 좋아하게 된 노래다.

> *너와 나의 기쁨과 사랑을 노래한*
> *지난 여름 바닷가를 잊지 못하리*
> *그 얼굴에 노을이 물들어 오고*
> *머리카락 바람에 헝클어질 때*
> *너와 나의 기쁨과 사랑을 노래한*
> *지난 여름 바닷가를 잊지 못하리*

이 노래의 백미는 남자 가수의 은은한 목소리 "그 얼굴에 노을이 물들어 오고 머리카락 바람에 헝클어질 때"를 부르는 소절이다. 이 소절에서 그 무엇으로도 형언하기 어려운 마음 짠한 설렘과 진한 그리움을 느낀다. 나의 젊은 시절 이국적인 제주 바다에서 펼쳐졌던 노을의 향연이 그대로 나의 마음에 각인된 것이리라. 이 노래를 듣는 순간 나의 기억은 먼 서귀포 바닷가를 거닐고 있다.

추억과 오늘 ·····································
이튿날 우리는 영실 산장에서 1박하고 한라산 백록담을 올랐다. 백록담으로 바로 오르는 코스가 폐쇄되어 성판악에서 오르는 코스로 둘러서 오르는데, 거리가 멀어 많은 시간이 걸렸다. 배낭은 두고 가라 하여 물도 간식도 배낭에 두었는데 배가 고프고 목이 말라 고생을 하였다. 체면을 무릅쓰고 여대생들에게 물 한 병과 맛동산 한 줌 얻어 요기하였는데 이것이 큰 힘이 되었다. 지금도 가게에서 맛동산을 보면 그때 생각이 떠오른다.

09.

내 마음 그대로 담긴,
이사가던 날

마을에서 가장 높은 곳에 우리 집 바로 아래에는 딸이 많은 ㅅ의 집이 있었는데, ㅅ은 나와 초·중학교 동창이다. 집이 가까이 있으니 어릴 때부터 자주 놀러 다녔다. 토종벌이 많았던 ㅅ의 집은 벌들의 천국이었다. 봄이면 집 주위에 벌들의 군무가 활발했는데, 그 틈으로 다니다 벌에 쏘여 얼굴이 부풀어 오른 적이 한두 번이 아니었다. 벌에 쏘이면 ㅅ의 어머니가 벌에 쏘인 부분에 꿀을 발라 주기도 하였다.

이러한 ㅅ의 집과는 이웃으로 살면서 가까이 지냈다. 모내기 철에 어머니가 ㅅ의 집 모내기를 해 주고, 우리 집 모내기를 할 때면 ㅅ의 어머니가 오셔서 도와주셨다. 어머니

작은 숲지기의 꿈

가 ㅅ의 집 모내기하는 날 저녁에는 ㅅ의 어머니가 쌀밥과 맛있는 반찬을 함지박에 이고 우리 집까지 가져다주셨는데, 그때 맛있게 먹었던 가죽 자반과 콩장은 지금도 좋아하는 반찬이 되었다.

중학교를 졸업하고 나는 읍내의 학교에 ㅅ은 공부를 잘했는데도 동생들이 줄줄이 딸려 있기에 마산의 실업학교로 진학하였다. 1977년 2월, ㅅ과 ㅅ의 아버지 나와 아버지 네 사람은 버스를 타고 읍내로 갔다. 주차장 옆에 있는 가락국수집에서 냄비 우동 한 그릇씩 먹고 우리 부자(父子)는 거창읍에 남고 ㅅ부녀(父女)는 마산으로 떠났다. 그렇게 ㅅ은 고향을 떠났는데, 그 후 휴가를 얻어 고향에 왔을 때 잠시 안부를 묻기도 하였다. 그리고 세월이 흘러 학교를 졸업한 그는 언니가 있는 서울로 떠났다.

1983년 가을, 군 생활의 마지막 휴가를 나와 동생과 함께 버스를 타고 고향 마을에 도착하여 내리니, 맞은편에 한복을 곱게 차려입은 ㅅ이 양복에 코트를 걸친 남자와 버스를 기다리고 있었다. 순간 '결혼을 하였구나'라는 생각이 들면서 약간 당황스러웠다.

축하 인사를 해야 하나 아니면 그냥 지나쳐야 하나 이런 생각을 하며 약간 주춤거렸는데, 혹시 축하 인사를 하면 옆에 있는 사람이 불쾌하게 생각하지는 않을까 하는 생각이 들어 그냥 지나치고 말았다. 옆에 있던 동생이 왜 인사를 하지 않느냐고 물었지만 나는 아무 말도 하지 않았다. 그때의 고지식한 그 행동이 두고두고 마음에 걸렸다.

여름철에 고향에 들르면 ㅅ의 자매들이 휴가를 맞아 고향집에 와 있었다. 그때 골목길을 지나치며 보니 벌써 아이들이 걸어 다니고 있었다. 세월이 빨리 흘렀음을 실감하는 순간이었다. 어느 해 가을, 고향집에 들르니 ㅅ의 어머니가 오셔서 막내딸에게 편지를 써달라는 부탁을 하시기에 ㅅ의 집을 정말 오랜만에 찾았다. 고등학교 시절 물지게를 지고 물 길으러 갔던 모습 그대로였다. 나는 ㅅ의 어머니가 불러주시는 대로 편지를 써서 봉투에 넣어 드리고 집으로 돌아왔다. 그것이 ㅅ의 집 마지막 방문이었다.

2000년대 중반, 고향에 들르니 어머니는 ㅅ의 어머니가 옆 마을에 집을 지어 이사 가게 되었다고 몹시 섭섭해하셨다. 오랜 세월 이웃에 함께 살아 정이 많이 들었는데 하시며. 몇 달 후 고향에 들어가니 ㅅ의 어머니는 옆 마을로 이사를 하고 난 뒤여서 집은 텅 비어 있었다. 나도 어머니처럼 쓸쓸함이 깊게 밀려왔다.

작은 키에 인자한 모습, 산에서 땔감을 지고 내려오시는 모습, 들일을 하시고 이마에 땀을 닦고 집으로 들어가시는 모습, 깊어가는 가을밤 키로 곡식을 쓰는 소리가 자장가처럼 들렸는데, 이제는 고향에 가도 그 모습을 볼 수 없다는 생각에 마음이 허허로웠다.

작은 숲지기의 꿈

이사 가던 날 뒷집 아이 돌이는
각시 되어 놀던 나와 헤어지기 싫어서
장독 뒤에 숨어서 하루를 울었고
탱자나무 꽃잎만 흔들었다네
지나버린 어린 시절 그 어릴 적 추억은
탱자나무 울타리에 피어오른다

산울림의 「이사 가던 날」은 이런 나의 마음을 그대로 담고 있는 노래이다. 언제나 그 자리에 계실 것 같았던 정다운 분들이 한 분 두 분 사라져 가고, 이제는 고향의 옛 모습마저 잃어가는 고향은 예전의 고향이 아니다. 이러한 현실은 아늑한 고향이라고 여겨왔던 기억의 강에 쓸쓸한 찬바람을 스치게 한다.

추억과 오늘 •

안타깝게도 ㅅ의 어머니는 옆 마을로 이사를 가신지 1년 조금 넘어 위암 판정을 받아 투병하시다 세상을 떠나시고 말았다. 늦게 이 사실을 알게 된 나는 마음이 몹시 쓰렸다. 나에게 말씀을 해 주시던 어머니도 슬퍼하셨다. 나는 슬픈 마음을 안고 옆 마을에 있는 ㅅ어머니의 집으로 갔다. 주인이 계시지 않는 집, 거실에는 커튼만 쳐져 있고 정적만 감돌았다. 그동안 사용하시던 장독이며 물건들은 그 자리에 그대로 있는데 주인만 계시지 않았다. 인생의 무상함이 너무 가까이서 느껴졌다.

제5장

아름다운 공동체를
품었던 날들

01.
첫 수학여행의 설렘,
사랑했어요

　　교직 첫해인 1989년 6월 초, 2학년 담임을 맡은 나는 학생을 인솔하여 수학여행을 가게 되었다. 교사가 되어 처음 맞이하는 수학여행이라 즐거운 마음으로 준비를 했다. 조를 편성하고 2박 3일 여행 일정에 대한 유의사항과 안내문을 정성스럽게 만들었다. 여행 코스는 진주 – 김천 – 속리산 – 용인자연농원(지금의 에버랜드) – 천안 좌불상 – 진주로 돌아오는 과정이었다. 그때만 하더라도 한 학년이 5개 반이었기에 5대의 관광버스가 예약되어 있었다.

　　아침 일찍 진주에서 출발한 관광버스는 국도를 타고 산청과 수동 거창을 지나 김천으로 향하고 있었다. 거창을 벗

　　　　　　　　　　　작은 숲지기의 꿈

어나자 우리 반의 반장인 ㅎ군이 일어나 장기자랑을 시작하였다. ㅎ군은 큰 키에 피부가 하얗고 귀여운 얼굴로 재치와 지도력을 갖춘 학생이었다. 그는 재치있게 퀴즈도 내고 농담도 하며 학생들의 다양한 반응을 이끌어 냈다.

김천으로 가는 길에는 논바닥에 뿌리를 내리기 시작한 벼들이 6월의 햇살 아래 짙은 녹색을 띠고 있었다. 버스 안 학생들은 마이크를 돌려가며 목소리를 높이며 흥겹게 노래를 불렀다. 그리고 중간중간 반장의 농담이 분위기를 북돋웠다. 그렇게 흥에 겨운 장기자랑을 하던 중 갑자기 학생 수준에 맞지 않은 고상한 노래가 버스에 가득 울리는 게 아닌가. 대부분 학생들은 제 또래의 노래를 부르는데 산청에서 유학 온 ㅁ이 김현식의 「사랑했어요」를 악을 쓰며 부르는 것이었다. 나는 그가 부르는 노래를 들으며 이 어려운 노래를 어떻게 좋아하게 되었을까? 하고 생각하였다.

돌아서서 눈감으면 잊을까 정든님 떠나가면 어이해
발길에 부딪히는 사랑의 추억 두 눈에 맺혀지는 눈물이여
이제와 생각하면 당신은 내 마음 깊은 곳에 찾아와
사랑은 기쁨보다 아픔인 것을 나에게 심어주었죠
사랑했어요 그땐 몰랐지만 이 마음 다 바쳐서 당신을
사랑했어요

반 친구들이 이해하기에는 어려운 노래지만 목소리에서 다른 친구들을 압도한 그는 박수 소리와 함께 의기양양하게 마이크를 다음 학생에게 넘겼다. 결국 나에게 도 마이크가 돌아오고 나서야 장기자랑이 끝났다.

속리산에 도착하여 법주사에 들렀다 여관으로 돌아와 방마다 적절하게 인원을 배치하고 저녁 식사를 마쳤다. 학생들은 방에서 놀고 있고 교사들은 2학년 주임 선생님 방에서 회의를 하였다. 회의를 마치고 먼저 나오시던 교감 선생님이 "아이쿠" 하시는 게 아닌가? 교감 선생님 신발에 학생들이 장난을 친다고 치약을 짜 넣었던 것이다. 비단 교감 선생님 신발만이 아니었다. 모든 교사의 신발에 치약을 넣었다. 그렇다고 여행을 와서 꾸중할 수도 없고 엉거주춤하게 서서 화장지로 치약을 닦아낼 수밖에 없었다.

학생들은 잠을 자지 않고 이방 저방 몰려다니며 게임기로 게임도 하고 베개 싸움도 하며 집 떠나고 학교 떠난 자유로움을 만끽하였다. 담임들은 순번을 정하여 각 방을 돌며 불을 끄고 일찍 잘 것을 권하였으나, 수학여행을 온 중2 학생들이 어디 그 말을 고분고분 들을 나이인가! 밤새도록 방문을 쿵쾅거리며 여닫으며 힘을 발산하다 새벽이 다가오자 잠이 들었는지 잠잠하였다.

학생들은 버스를 타는 순간 잠이 들기에 오전 이동은 조용하였다. 용인 자연농원에서 놀이기구 입장권을 나누어

작은 숲지기의 꿈

주고 오후에 주차장으로 모이라 하고 입장시켰다. 나는 교감 선생님과 학년 주임 선생님과 함께 난생처음 청룡열차를 탔다. 철커덕 철커덕하며 오르막 철길을 오르는 것까지는 좋았는데 내리막부터는 정신이 아찔하였다. 나도 학생들과 함께 고함을 지르며 발을 뻗대었다. 오르막 내리막을 반복하는데 이건 장난이 아니었다. 내 옆의 학년 주임 선생님은 안경을 붙잡고 정신을 못 차리고 계셨고 교감 선생님은 공포에 떨고 계셨다. 공포의 몇 분이 지나고 열차를 내리는데 다리가 후들거렸다. 교감 선생님은 다리를 떨며 엉거주춤한 모습으로 "아이쿠 아이쿠"를 연발하셨다. 학년 주임 선생님은 현기증 때문에 잠시 비틀거리며 걸었다. 나도 차멀미를 한 것처럼 머리가 어지러워 의자에 한참 앉아 있었다. 오후에는 다른 선생님의 꾐에 넘어가 바이킹을 탔는데 또 고생하였다.

저녁 식사를 하며 자연농원에서의 체험담으로 이야기꽃을 피웠다. 학생들도 자연농원에서 기력을 소진해서인지 첫날밤보다는 덜 설치고 다녔다. 셋째 날 진주로 돌아오는 길은 아쉬움이 남아 있었다. 학생들은 친구들과 헤어지는 것을 아쉬워하였고, 나도 20대라서 그런지 조금 더 학생들과 머물렀으면 하였다.

추억과 오늘 ·

첫 수학여행을 다녀온 몇 년 뒤 학생들을 인솔하고 수학여행을 떠
났다. 용인자연농원에 들렀을 때 교감 선생님께 청룡열차를 다시
한번 타지 않겠느냐고 말씀드리니 고개를 좌우로 저으면서 두 번
다시 타지 않겠다고 하셨다.

작은 숲지기의 꿈

02.
연수생들의 심금을 울린 칠갑산

    1996년 여름방학 동안 국어과 1급 정교사 연수를 받았다. 아침 일찍 진주에서 출발하는 버스를 타고 창원에 있는 경남교원연수원에 도착하여 하루 7, 8시간 교양·교직과 전공에 관한 내용을 고등학생 수업처럼 들었다. 경남 전역에서 모인 80여 명의 국어과 교사들이 두 반으로 나누어 뜨거운 날씨 못지않은 열정으로 연수에 임했다. 연수에 참여한 교사 중에는 대학에서 함께 공부한 동문도 있었다.

    전공은 대학교수들의 강의가 많았는데, 대학 때의 강의와 비슷하여 큰 도움이 되지 않았지만, 현직 교사 중 나름 독특한 수업 지도나 학생지도 사례를 강의하여 현장에 큰 도움이 되었다. 그리고 가끔 외부 예능 강사들의 시간도 연수의 피로를 풀어주는 흥겨운 시간이었다.

자격 연수이다 보니 중간중간 강의 내용에 대한 평가가 있었는데, 이것이 큰 스트레스였다. 성적이 절대 평가가 아니고 상대평가이기에 더욱 신경이 쓰였다. 시험 결과가 학교에 공문으로 도착하면 교장·교감 선생님은 물론 교무부 선생님까지 알게 되기에 여간 신경 쓰이는 것이 아니었다. 연수가 마무리될 때쯤 실시하는 마지막 평가에는 밤을 새워 공부하였다. 그러나 국어 교사를 대상으로 하는 시험이다 보니 애매하게 꼬고 꼬아 출제하여 문제가 참으로 헷갈렸다. 나는 긴장하여 여러 장의 OMR카드를 버리는 실수를 하였다.

연수의 마지막 단계인 평가가 끝나자 긴장감이 풀어지고 해방감이 밀려들었다. 평가가 끝난 오후는 현장 답사 시간이었는데, 관광버스를 타고 김해 김수로왕과 허왕후의 유적지 관광을 하는 코스였다. 김해로 가는 도중 그동안의 긴장과 수고를 위로하자는 취지로 연구사님이 노래 한 곡씩 부르기를 제안하였다. 그때 제일 먼저 마이크를 잡은 선생님은 울산에서 온 검정색 뿔테 안경의 선생님이었다. 그 선생님은 앉은 채로 마이크를 잡더니 「칠갑산」을 구성지게 불렀다.

콩밭 메는 아낙네야 베적삼이 흠뻑 젖는다
무슨 설움 그리 많아 포기마다 눈물 심누나
홀어머니 두고 시집가는 날 칠갑산 산마루에
울어주던 산새 소리만 어린 가슴 속을 태웠소

이 노래는 한 맺힌 한 편의 창(唱)처럼 듣는 사람들의 심금을 울렸다. 이 노래를 불렀던 선생님의 호소력과 애절함도 한몫을 하였지만 노래 가사가 주는 애틋함과 절절함이 분위기를 고조시켰다. 우리는 열렬한 박수를 보내고 환호했다.

김해 유적지를 안내하기 위해 나온 분은 중년의 역사 교사였다. 그분은 자부심 가득한 모습으로 김수로왕과 허왕후의 유적을 설명해 주었다. 처음 발을 디딘 김해에서 찬란한 가야 유적과 함께 여름날의 오후를 보내고 다시 창원으로 왔다.

뜨거운 계절의 5주 연수는 이렇게 마무리되었다. 긴장된 모습, 땀과 열기로 가득했던 시간을 뒤로하고 연수원을 나서며 해방감 못지않게 아쉬움도 남았다. 2급에서 1급 정교사로 오르는 길이 만만하지 않았지만, 그런 만큼 내게는 소중한 것을 얻고 나의 위치를 자각하는 소중한 시간이었다.

추억과 오늘 ·······································

세월이 흐른 뒤 나는 강사 자격으로 연수원을 방문하였다. 연수원은 그대로였다. 쉬는 시간에 담소를 나누었던 휴게실도 그대로 있었고 강의실과 강당도 식당도 그대로였다. 감회가 새로웠다. 내 인생의 젊은 시절, 부끄럽지 않은 교사가 되려는 각오로 땀과 열정을 불태웠던 그 시절이 아련함으로 다가왔다.

작은 숲지기의 꿈

03.

수유리의 황금빛 물결에 새겨진
나의 노래

  한 해가 저무는 1999년 12월 저녁에 한 통의 전화를 받았다. 학부모이자 국어 교사인 ㅎ선생님이었다. 선생님은 경남국어교사 모임에서 전국국어교사 모임과 연합하여 경상대 국어교육과 김수업 교수님과 함께 새로운 국어 교과서를 만드는 작업을 진행하고 있는데 참여해 보지 않겠느냐는 제안을 하였다. 나는 의미 있는 작업에 참여할 수 있음에 감사드리며 그렇게 하겠다고 하였다. 이렇게 하여 전국국어교사 모임의 국정 교과서 밖 국어 교과서 만드는 작업에 동참하였다.

  경남모임은 전통찻집 '차 이야기'와 남강 다리 건너 '해거름 녘', 그리고 진주문고에서 매주 한 차례 모임을 가졌다. 거창에서 참여하는 선생님이 두 분, 통영과 마산에서 한 분씩, 진주와 사천에 있는 선생님 몇 분이 함께하였다. 멀리서 근무하는 선생님들의 열정적인 모습을 보며 진주에 있는 내가 미안한 마음이 들 정도로 어지간한 사명감이 없으면 할 수 없는 고된 여정이었다.

매주 목요일 만나 한 주는 구체적인 계획을 세우고 다음 주는 계획에 의해 각자 자료를 준비하여 검토하고 수정 보완하며 토론하는 작업을 진행하였다. 미혼인 통영의 ㄱ선생님과 마산의 ㅊ선생님이 주도적으로 일을 진행하고 나머지 선생님들은 주어진 과제를 뒷받침하는 역할을 하였다. 매주 자료를 준비해야 해서 목요일이 빨리 다가왔다.

그리고 한 달에 한 번 각 지역에서 준비한 자료를 가지고 대전이나 서울에서 전국 모임을 가지는데, 저녁 식사 후 앉은자리 그대로 철야로 진행되기도 하였다. 나는 자주 참여하지는 못하였지만 대전 모임에는 두 번, 서울 모임에 한 번 정도 참가하였다. 전국에서 모인 선생님들의 열정은 대단하였다. 대회의실이나 식당에 모여 밤을 지새우는 강행군을 하기 일쑤였는데, 그때마다 교수님은 거의 빠진 적이 없으셨다. 그 시절만 하더라도 토요일 오전 수업이 있었는데, 선생님들은 오전 수업을 끝내고 전국 각지에서 모여 준비한 자료를 밤새 점검하고 보완하고 수정하는 작업을 하

작은 숲지기의 꿈

였다. 누가 시켜서 하는 일이 아니라 좋은 교과서를 만들어 보자는 굳은 신념과 열정으로 그 일에 매달리는 것이었다.

2001년 늦가을, 한 해 동안 보완하고 다듬은 내용으로 서울 수유리 유스호스텔에서 막바지 전국 모임이 있었다. 경남 사무국장 선생님이 중심이 되어 경남 선생님들은 고속버스를 타고 서울로 향했다. 버스에서 바라본 늦가을의 정경은 조금 쓸쓸한 듯 하면서도 아늑하였다. 서울에 도착하여 지하철과 버스를 갈아타고 도착한 수유리는 도심과는 달리 번잡하지 않은 고요한 정취로 우리 일행을 반기고 있었다. 저녁 으스름이 내리는 시간, 유스호스텔에 당도하니 갑자기 훤한 느낌이 들었다. 뜰에 온통 황금빛 융단이 깔려 있기에 위를 올려다 보니 우람한 은행나무가 노랗게 하늘을 받치고 서 있는 게 아닌가! 은행잎들의 가을 향연에 주위가 온통 황금 물결의 몽환적 세계를 이루고 있었다. 순간 '아' 하는 탄성이 절로 나왔다. 일행 중 ㅎ선생님은 그 환상적인 모습을 두고 차마 세미나장으로 발걸음이 떨어지지 않는지 서성이며 은행잎을 줍고 있었다.

그날 밤 수유리 유스호스텔에는 전국에서 모인 많은 국어 선생님들이 은행잎이 자아내는 늦가을 정취를 애써 못본 체하고는 밤을 새워 막바지 작업에 온 힘을 쏟았다. 의자에 앉아서 꾸벅 졸면서도 형식적으로 마련된 숙소에는 아무도 가지 않는 듯했다. 새벽이 되어서야 어느 정도 정리가 되었다. 그리고 각자 각 지역으로 다시 돌아가야 할 시간, 수유리를 떠나는 새벽길에 펼쳐진 노란 양탄자는 우리의 발걸음을 더디게 하였다.

문정선의 「나의 노래」를 들을 때마다 전국국어교사모임의 시간과 수유리의 은행나무 물결이 오버랩 되어 내 마음 속에 되살아난다.

샛노란 은행잎이 가엾이 진다해도
정말로 당신께선 철없이 울긴가요
새빨간 단풍잎이 강물에 흐른다고
정말로 못견디게 서러워 하긴가요
이 세상에 태어나 당신을 사랑하고
후회 없이 돌아가는 이 몸은 낙엽이라
아 아 아아아아 아 아 아아아아
떠나는 이 몸보다 슬프지 않으리

수유리 은행나무 모습도 장관이지만 그 앞에 함께 서 있던 선생님들의 모습에서 국어교육을 위한 열정과 국어교육의 밝은 미래를 느꼈다. 학생들을 진실하게 지도하기 위해, 기존 국정 교과서의 편협함을 극복하고 규제의 틀을 깨어 교육의 민주화를 위해 토요일의 편안함을 떨치고 먼 이곳에 서 있는 모습, 그 모습은 당당하고 아름다운 모습이었

작은 숲지기의 꿈

다. 은행잎이 진하게 물드는 늦가을이 되면 수유리 은행잎의 향연과 전국국어교사 모임의 시간을 떠올려 본다.

추억과 오늘 •

전국 국어교사모임 선생님들의 열정과 땀 그리고 고뇌로 「우리말 우리글」 7,8,9학년 3권이 탄생했다. 제도권 밖의 교과서 탄생은 기존 국정 교과서 체제에 큰 충격을 주었고 국정 교과서의 틀을 깨는데 크게 기여했다.

04.

제자들과 함께 부른
진짜 사나이

　새 밀레니엄 시대라고 하며 온 세계가 축제 분위기 속에서 새해를 맞이한 2000년 1월 중순, 네 명의 독서회 회원들과 함께 포항에 있는 해병대 1사단 신병교육대에 입소하였다. 교육대에 입소하니 대학생과 일반인은 1소대, 고등학생은 2소대, 중학생은 3소대, 여학생 5소대로 배정되어 있었다. 입소 후 4개 소대 220명의 해병대 캠프 27기생들은 바로 훈련복으로 갈아입고 교육대장(해병 대령)에게 신고식을 마치고 4박 5일의 훈련에 돌입하였다.

　다른 소대는 구성원들이 학생들이라 처음부터 기본 질서가 잡히는데, 내가 속한 1소대는 앳된 대학생부터 50대

후반의 아저씨까지 나이층이 다양하다 보니 그야말로 오합지졸이었다. 그러나 험상궂은 교관의 통제가 시작되자 어수선했던 분위기가 바짝 긴장된 상황으로 전환되었다. 그리고 "이곳에 입소한 이상 사회에서의 지위와 체면 자존심은 모두 털어 버리고 한 사람의 교육생으로만 존재해야 한다. 이것을 명심하기 바란다."는 교관의 말에 1소대 입소생은 날개 꺾인 새처럼 풀이 죽었다.

식당으로 가거나 교육장으로 갈 때는 소대원들끼리 줄을 맞추어 가야 하고, 교관들을 만나면 거수경례를 붙여야 했다. 이동 중에 줄이 맞지 않거나 군가 소리가 적어도 옆 사람들과 어깨동무하고 오리걸음 정신교육을 받았다. 장난이 아니었다. 다시 군에 입대한 느낌이랄까? 19년 전 훈련 시절로 되돌아간 듯한 착각이 들 정도였다. 특히 식당에서 풍겨 나오는 된장국 냄새가 후각을 자극하며 20대 초반의 훈련병 시절로 되돌려 놓는 듯하였다.

저녁 점호는 공포의 시간이었다. 모포 각을 잡고 내무반과 복도 그리고 화장실 청소까지 정신없이 움직였으나 돌아오는 것은 살벌한 말의 공포였다. "이렇게 하려고 해병대 훈련 들어 왔느냐?", "나중에 보자"였다. 31개월의 군 생활 중 가장 공포에 떨게 했던 말이 "나중에 보자"였다. 이 말을 들으면 나중에 집합이 끝날 때까지 공포심에 떨었다. 그리고 어김없이 자정이 넘어 집합이 있었다. 처음에는 군복을 입고 연병장에서 달리기 선착순, PT체조, 앞으로 취침 뒤로 취침을 시키더니 결국은 속옷 차림으로 연병장에 집합시켰다. 한겨울 깊은 밤, 바닷바람 몰아치는 연병장에서 우리는 시베리아 추위에 몸이 마비될 정도로 떨었다. 특히 일반인 1소대 젊은이들과 2소대 고등학생 전체는 자정이 넘어 물세례까지 받아 온몸이 얼어붙는 기상천외한 경험까지 하였다. 그야말로 힘든 시간이었다.

매일 아침 6시에 기상하여 고향에 계신 부모님과 가족에게 감사의 묵념을 하고 아침 달리기를 시작하였다. 아직 초보 단계인 캠프 입소자들의 어수선한 아침 달리기와는 달리, 어둠이 걷히지 않은 건너편 연병장에는 아침 운동을 시작한 해병대원들의 우렁찬 군가 소리가 메아리치고 있었다. 우리도 군가를 부르며 있는 힘을 다해 뛰었다. 그때 우리가 숨차게 부른 군가가 일반인들에게도 잘 알려진 「진짜 사나이」였다. 이 노래는 아직 병역의 의무를 다하지 않은 젊은이들도 잘 알고 있는 노래였는데, 중·고등학생으로 편성된 2, 3, 5소대도 이 노래를 배워 함께 부르며 뛰었다.

사나이로 태어나서 할 일도 많다만
너와 나 나라 지키는 영광에 살았다
전투와 전투 속에 맺어진 전우야
산봉우리에 해 뜨고 해가 질 적에

작은 숲지기의 꿈

부모형제 나를 믿고 단잠을 이룬다

　새벽 달리기를 마치고 시작된 훈련 과정은 한 치의 오차도 없이 진행되었다. 제식훈련과 유격훈련, 11미터 높이에서 뛰어내리는 공수낙하훈련, 각개전투, LVT(해안 상륙용 장갑차)탑승 훈련을 마지막으로 해병대 캠프의 모든 훈련 과정이 마무리되었다. 4박 5일의 훈련 과정이 몇 개월 된 듯한 느낌이 들 정도로 힘든 시간이었다. 처음에는 안 해도 될 것을 내가 괜한 욕심을 부리지 않았나 하는 후회를 한 적도 있었는데, 전체 훈련이 끝나고 나서는 힘들고 어려운 과정을 이겨 낼 수 있었다는 뿌듯함과 자부심을 가질 수 있었다. 불혹(不惑)의 나이에 재입대한 것 같은 병영 체험은 경험하기 어려운 극기 훈련으로, 갈수록 나약해지는 나의 의지를 재충전할 수 있는 소중한 계기가 되었다.

추억과 오늘 •
해병대 캠프의 모든 과정이 힘들었지만, 특히 각개전투가 힘들었다. 한겨울 추운 날씨에 빗물에 젖은 군복을 입고 있으니 온몸에 한기가 돌며 몸이 굳어지기 시작하였다. 상황의 심각성을 알아챈 교관들은 각개전투를 마친 조부터 운동장을 뛰게 했다. 정신없이 운동장을 뛰니 온몸에 체온이 오르며 한기가 나아졌다. 나중에 220명 훈련생 전체가 운동장 수십 바퀴를 달렸다. 그랬더니 온몸에서 뿜어나오는 수증기가 운동장 전체에 자욱한 운무의 호수를 이루었다. 220명의 열기가 넓은 운동장을 가득 채우며 만들어낸 신비스러운 모습은 장관이었다.

훈련을 마무리하며 우리 1소대원들은 3소대 남자 중학생 한 명 한 명씩 꼭 안아 체온 나누기를 하여 그들의 추위를 녹여 주었는데, 해병대 캠프 중 이 장면이 가장 감동적이고 아름다운 장면이었다.

작은 숲지기의 꿈

05.

용정 일송정에 울려 퍼진 선구자

2002년 8월 중순, '마음을 비운만큼 가득 채우고 돌아오는 것이 여행이다. 서안은 역사의 묘미를 느끼는 여행이고, 백두산은 마음으로 하는 여행, 그리고 북경은 발로 뛰는 여행이다.'라는 여행나라 ○사장님의 이야기를 들으며 경상대학교 '경상 어문학회' 회원들은 김해공항으로 달려갔다.

11시 김해를 출발한 비행기는 심양으로 향했다. 호기심 어린 표정으로 옆에 있는 일행을 둘러보았다. 모두 설레이는 모습으로 오순도순 이야기를 나누고 있었고 뒤에 있는 아내는 어린아이처럼 마냥 신기해하였다. 여행의 총책임을 맡아 출발하기까지 노심초사하던 B선생님은 맥주잔을 들고 감회어린 표정으로 창밖을 보고 있었다. 나도 눈을 돌려 창밖을 보니, 아득하게 펼쳐진 구름의 모습이 신기하게 다가왔다.

'경상 어문학회의 2002년 여름 연길 백두산 세미나'는 그해 2월 정기 모임에서 추진하기로 하였다. 국문학을 공부하면서 우리 민족의 영산인 백두산을 찾지 않는 것은 도리가 아니라는 취지에서였다. 참가한 회원은 학회 회장인 ㅁ선생님과 5명의 회원, 우리 부부와 소설가 ㄷ선생님 부부, 국문학과 ㅂ,ㅇ교수님, 진주교대의 ㅅ,ㄱ 교수님 모두 14명이었다.

2시간의 비행 끝에 도착한 심양의 첫인상은 회색 그 자체였다. 첫 방문지는 '북릉'이었다. 심양의 북쪽에 위치한 청황제 누루하치의 무덤인 '북릉'은 그 규모가 엄청났다. 북릉 관광을 마치고 6시에 연길로 출발하였다. 비행기에서 내려다본 중국은 끝없이 넓어 보였다. 드넓은 들판이 일몰의 햇살과 어우러져 그야말로 장관을 이루었다. 어린 왕자가 자기의 별에서 해지는 모습을 지켜보는 듯한 착각이 들었다.

연길 공항에 내리니 시골 간이역에 도착한 느낌이었다. 세련되지 않은 우리말 간판과 생소한 얼굴들, 6,70년대 우리의 모습과 흡사하였다. 연길 공항을 나서니 비가 내렸는데 특유의 흙냄새가 코끝을 스쳤다. 안내자는 내일 백두산

작은 숲지기의 꿈

을 올라야 하는데 어찌해야 할지 모르겠다고 걱정을 하였다. 저녁 식사는 북한 직영인 백두산 식당이었다. 한복에 김일성 배지를 단 단아한 여성들이 우리 일행을 맞이하였다. 우리의 음식처럼 입에 맞고 맛이 있었다.

아침에 일어나 보니 뿌옇게 아침이 밝아 오고 있었다. 다행히 비는 내리지 않고 구름이 하늘을 뒤덮고 있었다. 7시 10분쯤 연길을 출발하여 백두산 북쪽으로 향했다. 아직 초가집이 남아 있는 간도 땅, 비극의 역사와 민족의 아픔이 아직도 고스란히 남아 있는 땅, 그분들의 한이 서려 있는 것 같아 가슴이 메어 왔다. 부엌을 아직도 '정지'라고 부르는 곳, 소달구지가 미루나무 아래 고적한 시골길을 유유히 걸어가는 곳, 금방이라도 차에서 내려 길을 걸으며 회상에 잠기고 싶은 곳이었다.

백두산이 가까워질수록 황토색 벽돌로 만들어진 특이한 형태의 집들이 옹기종기 모여 자연 마을을 이루고 있었다. 집에는 어김없이 작은 남새밭이 있었고, 나뭇가지로 만든 울타리가 집 전체를 감싸고 있었다. 그런 집 마당 어귀에는 나팔꽃이 피어 있었고 채소들이 심겨 있으며 빗자루로 마당을 쓴 흔적들이 그대로 남아 있었다. 초록과 황토색이 함께 어우러져 옛 우리의 시골 정경을 그대로 간직하고 있었다.

자스레나무 숲이 안개에 싸여 한 폭의 동양화를 연상하

게 하는 곧은 길을 따라 한참을 오르니 '장백산' 입구라고 쓰여 있는 문이 나왔다. 중국에서는 백두산을 장백산이라고 하였다. 민족의 영산을 가까이 두고 이역만리를 돌아 남의 땅으로 와야 한다는 사실이 서럽고 안타깝기만 하였다. 문을 통과해 조금 지나니 구름을 산허리에 휘감으며 낮은 산맥을 향해 호령하는 장엄한 백두산의 거대한 모습이 그 위용을 드러내고 있었다.

주차장에 도착하니 비가 부슬부슬 내리기에 우리 일행은 '이역만리를 돌아왔는데 결국 천지도 보지도 못하고 가야 하는구나'하는 생각에 안타까움을 감추지 못하였다. 가게에서 비옷을 준비해 지프 3대에 나누어 타고 백두산 정상으로 출발하였다. 오르는 도중에도 구름이 온 산을 덮고 있어 이젠 정말 천지 보기는 글렀구나 하는 생각이 들었다. 그런데 백두산 중턱 가까이 오르니 흘러가는 구름 사이로 언뜻 하늘이 보였다. 순간 아래서는 전체가 구름에 가려 있었는데 중턱에서 구름의 흐름이 보이니 날씨에도 변화가 있을 수 있겠구나 하고 기대하였다. 아니나 다를까 중턱을 넘어 서니 햇살이 보이기 시작하였다. 그래서 우리는 환호하며 흥분하였다.

정상 가까이 오르니 구름이 지나고 난 뒤의 맑은 하늘이 열려 있었다. 그 설렘을 어찌 말과 글로 표현할 수 있으리? 지프에서 내려 서둘러 정상에 오르니 하늘 연못(天地)의 장엄하고 신비스러운 모습이 눈 아래 펼쳐져 있었다. 아! 하는 감탄과 함께 꿈을 꾸고 있는 듯한 착각이 들었다. 백두산 봉우리를 병풍으로 삼아 깊고 푸른 하늘 연못이 꿈결같이 신비롭게 펼쳐져 있었다. 수억 년 비밀을 한 올 한 올 풀어내며 신령스러운 모습을 조심스럽게 드러내고 있었다.

참으로 경이로운 모습이었다. 우리에게 주어진 시간은 30분, 지프가 다시 올라올 때까지의 그 짧은 시간이 정말 소중한 시간이었다. 그야말로 촌분을 아껴야 하는 상황이었다. 천지의 모습을 담아 개인별 사진을 찍고, 엄숙한 기념식을 하고 일행이 함께 모여 플래카드를 펼치고 단체 사진을 찍었다. 「경상 어문학회 2002년 연길 백두산 세미나」란 플래카드가 백두산 정상에 선명하게 빛나는 시간이었다. 우리가 사진을 촬영하는 그 순간에도 구름이 수시로 몰려와 하늘 연못을 베일로 가리다 사라지기를 몇 번이나 하였다. 나는 하염없이 천지를 바라보며 깊은 생각에 잠겨 있다 끝없이 펼쳐진 북쪽 벌판을 바라보며 옛 고구려인의 기상을 되새겼다.

천지에서 내려와 한 시간을 달려 백두산 중턱에 있는 백산 호텔에 여장을 풀었는데, 호텔 아래쪽 민가에서 윗옷을 벗고 평화롭게 저녁밥을 먹으며 담소하는 가족의 모습이 무척 인상적이었다. 밤에는 호텔의 세미나실을 빌려 이번 행사의 핵심인 어문학회 세미나를 열었다. ㅂ교수님이 '국

어 형성론'에 대해 발표를 하셨고 나는 '윤동주론'을 발표
하였다. 민족의 영산 백두산 기슭에서 논문을 발표하게 되
어 큰 영광이었다. 평생 고결하게 살다 간 민족 시인 윤동
주, 그를 이곳에서 새롭게 만났다.

백산호텔을 출발하여 자스레나무 숲의 환상적인 길을
따라 어제 왔던 길을 되돌아왔다. 차창밖에 펼쳐지는 만주
벌판의 여름 풍경을 눈이 시리도록 담았다. 청산리 전투 격
전지를 지나 용정에 도착하여 점심식사 후 일송정에 올랐
다. 선구자의 노랫말처럼 독립투사의 기상과 결연한 의지
가 담겨 있는 듯했다.

일송정에서 바라본 해란강은 드넓은 만주 벌판 가운데
를 유유히 흐르고 있었다. 우리 일행은 숙연한 마음으로 해
란강의 유장한 흐름을 지켜보았다. 그때 우리 옆에는 교
보생명이 주최한 역사탐방 대학생 순례단이 있었는데, 그
들은 일송정 기념비 옆에서 간단한 기념식을 하고 목청껏
「선구자」를 불렀다. 우리도 가슴이 아리도록 함께 불렀다.
우리가 함께 부른 「선구자」는 드넓은 만주 벌판에 멀리멀
리 울려 퍼졌다.

일송정 푸른 솔은 늙어 늙어 갔어도
한 줄기 해란강은 천년 두고 흐른다
지난날 강가에서 말 달리던 선구자

지금은 어느 곳에 거친 꿈이 흘렀나

일송정에서 대성중학교로 이동하였다. 원래는 용정중학교였는데 지금은 대성중학교로 바뀌었다고 하였다. 전시관에 가서 여러 자료를 살펴보니 눈에 익은 문익환 목사님과 시조 시인 정병욱 선생님의 모습이 눈에 띄었다. 교문을 나서니 우리나라의 60년대 모습 같은 초라한 용정 시내가 한눈에 들어왔다. 소설 「토지」의 서희와 길상이 저 멀리서 다가오는 것 같은 착각을 불러일으켰다.

추억과 오늘 •
2005년, 우리 가족과 ㄱ선생님 가족, ㅂ선생님 가족, 학교 선생님 몇 분의 가족들이 백두산을 다시 찾았다. 이번에는 백두산 서쪽에서 올랐는데, 구름 한 점 없이 청명한 모습을 보인 백두산 천지는 감동 그 자체였다. 시간의 구애를 받지 않고 천지에서 오랫동안 머무는 소중한 기회를 얻었다. 그리고 북녘의 산하가 아득히 내려 보이는 백두산 중턱에서 도시락으로 여유 있는 점심식사를 하였는데, 최고의 소풍 점심이었다. 옆에 계시던 ㄱ선생님은 "이런 기회가 두 번 다시 있겠냐?"고 몇 번이나 말씀하셨다. 감동이 너무 컸기에.

06.
작은숲을 떠나는 제자들을 위한, 이제 안녕

　우리 독서회와 벼리 독서회는 진주문고를 떠나 벽산 아파트 9평의 상가를 빌려 독서모임을 할 수 있는 공간을 마련하였다. 독서모임 공간에 맞는 이름이 있어야 하기에 「남가람독서두레학교」로 이름을 정하였다. ㅇ선생님은 예쁜 간판을 만들어 와서 걸어 주었다.

　「남가람독서두레학교」는 ㄱ선생님이 운영을 맡은 초등부와 내가 운영을 하는 「늘푸른독서회」, ㅎ선생님이 운영을 하는 「벼리독서회」가 함께 활동하는 공동체 공간이 되었다. 「늘푸른독서회」와 「벼리독서회」는 중등부와 고등부의 독서회가 있었는데 중등부를 거친 학생들이 대부분 고등부로 올라갔다. 그리고 초등 독서회에서 대부분 중등부로 올라오는 과정을 거쳤다.

초등부와 중등부는 2주에 한 번 정해진 책을 읽고 느낌을 발표하고 주제를 정하여 토론을 하는 방법으로 모임을 진행하였고, 고등부는 한 달에 한 번 토요일 저녁에 책을 읽고 토론을 하였다. 그리고 여름·겨울방학에는 1박 2일 「독서캠프」를 열었다. 「독서캠프」에는 「늘푸른 독서회」와 「벼리독서회」 40~50명의 회원들이 참가하여 운동으로 맺는 친교의 시간, 주제를 정하여 열띤 토론을 이어가는 토론광장, 참가한 전 회원이 참여하는 주제별 연극, 그리고 선후배의 훈훈한 만남인 깊은 밤 친교의 시간, 이튿날 독서회별 독서토론의 일정으로 이어지는 그야말로 빈틈이 없이 꽉 짜진 일정으로 진행되었다.

시사 토론의 주제는 사회적 이슈(issue)가 되는 것으로 정하여 예고하면 각 독서회끼리 모여 진지하게 준비하였다. 이 준비 과정은 독서회 간 치열한 기 싸움이 펼쳐져 본 토론의 불꽃 튀는 대결을 예고하기도 한다. 그리고 중·고등부 모든 회원이 함께 모여 찬·반의 입장을 정하여 한 치 양보 없는 치열한 토론을 펼친다. 특히 독서회 간의 경쟁이 심하여 선후배 간에도 양보 없는 열띤 토론이 펼쳐져 승부의 냉정함을 느끼게 한다. 토론이 끝나면 독서회 회원들의 직접 투표로 토론 장원을 선발하여 푸짐한 상품을 수여한다.

주제별 연극은 팀을 나누고, 각 팀 스스로 주제를 정하여 모든 회원이 참가하는 행사이다. 이 연극에는 준비 시간이 필요한데, 이 과정에서 중·고등부 회원이 하나가 되어 친밀한 관계를 형성한다. 독서회 회원들이 펼치는 연극을 보고 있노라면 기상천외한 주제들을 뒷받침하는 멋들어진 연극들이 등장하여 지도교사들을 놀라게 한다. 독서의 효과를 실감하는 시간이다.

친교의 시간은 밤새도록 잠을 자지 않고 선·후배 회원들이 어울려 간식도 먹고 게임도 하며 보내는 행복한 시간이다. 독서회를 졸업한 대학생 선배들이 방문하여 후배들에게 진심 어린 조언과 위로를 해주기도 하는데, 고등부 학생들이 좋아하는 시간이기도 하다. 독서회를 졸업한 학생들이 활동 기간 중 가장 아름다운 추억으로 방학 때의 1박 2일의 「독서캠프」를 꼽았다.

아파트 상가를 비워달라고 하여 조금 넓은 공간으로 이사하며 이름도 「작은숲두레학교」로 바꾸었다. 독서회 회원들이 이 공간에서 책을 통하여 세상과 만나고, 마음과 정신을 단련하여 앞으로 자기가 서 있는 그 자리에서, 아름다운 세상의 숲을 만드는 일에 디딤돌 역할을 하기를 간절히 바라는 마음을 이름에 담았다.

그리고 「작은숲두레학교」에는 어른들을 위한 독서모임인 「인문학 숲길」과 「작은숲 오솔길」이 모임을 시작하였고, 하모니카 반과 「어머니 독서회」도 코로나가 기승을 부리기 전까지는 꾸준하게 진행되었다.

　독서회는 해마다 12월 말에 간단한 수료식을 한다. 중등부는 3학년 때, 고등부는 2학년 말에 수료식을 하는데 형식적인 절차는 생략하고 독서회 마지막 부분에서 그동안 활동 소회와 후배들에게 남기고 싶은 말로 수료식을 대체한다. 중등부는 고등부에서 만나기에 아쉬움이 적은데, 고등부 학생들이 수료하는 토요일 저녁은 아쉬움과 그리움이 혼재하는 시간이다. 모임이 끝난 뒤 남은 고교생활 1년을 잘 마무리하고 내년에 다시 만나자며 악수하고 집으로 돌려보내는데, 그때 내가 서 있는 현관을 돌아보며 떠나가는 그들의 뒷모습을 지켜보며 도종환의 시 「스승의 기도」 중 '날려 보내기 위해 새를 키운다'는 시행과 015B의 「이제 안녕」을 떠올리며 섭섭하고 아쉬운 마음을 달랜다.

　우리 처음 만났던 어색했던 그 표정 속에
　서로 말놓기가 어려워 망설였지만~

　독서모임을 시작하고 24년이 지나는 동안 많은 학생들이 넓은 세상으로 날아갔다. 「작은숲두레학교」의 지도교사들은 그들을 떠나보내고 새로운 회원을 맞이하여 그들과 고락을 함께 나누며 오랜 세월 이 자리를 지켜왔다. 지금까지 그러했듯이 앞으로도 학생들이 책과 함께 자신의 날개를 튼튼하게 단련하여 보다 높고 멀리 그리고 아름답게 나는 방법을 터득하여 세상으로 날아가게끔 작은숲지기는 이 자리를 꿋꿋하게 지키고 있을 것이다.

추억과 오늘 ···
2005년부터 「벼리」 독서회와 모임을 함께하면서 오늘의 「작은숲두레학교」가 만들어지기까지 ㅎ선생님의 노고가 무엇보다도 컸다. 독서학교 운영에서부터 독서행사까지 모든 과정을 열성적으로 이끌어 주셨다. 특히 공립학교의 관리자로 근무하면서도 변함없는 마음으로 독서회에 쏟는 애정이 각별하였다. 오랜 시간 독서활동을 함께하며 책을 통한 아름다운 세상을 만들어가는 꿈을 키웠다.

작은 숲지기의 꿈

07.

'아름다운 시간'의 선유동 유람, 이별노래

    1998년 가을, 나의 멘토 ㅊ선생님에게 진주에서 오랫동안 독서회를 이끌며 독서운동에 앞장서온 ㅎ선생님과 만남을 주선해 달라고 부탁하였다. ㅎ선생님은 진주의 중·고등학생 독서모임 「고요」를 이끌고 계셨다.

    그리하여 신안동에 있는 작은 식당에서 선생님을 만날 수 있었는데, 선생님은 친절한 모습으로 격의 없이 나를 대해 주셨다. 내가 독서모임을 진행해 보려고 한다는 뜻을 보이자 반가워하시며, 「고요」 독서회 활동에 대해 자세하게 말씀해 주시고 다양한 활동들을 소개해 주셨다. 그리고 그해 늦가을 산청초등학교에서 있었던 경남독서모임에 함께 참석하였는데, 그 모임에서 열정적으로 독서활동에 몸담고 계시는 선생님들을 만날 수 있었다.

2001년 진해 독서새물결운동에 참가했던 선생님은 "학생 독서동아리를 운영하고 있는 교사들이 모범을 보이고 독서를 통하여 아름다운 세상을 만들어가자"는 취지에서 교사독서회를 만들기로 하였다. 그리하여 2002년 2월 「아름다운 시간」은 청매화향 그윽한 평거동 차이야기에서 첫 문을 열어 지금까지 20년이 넘는 세월동안 꾸준하게 모임이 이어지고 있다.

「아름다운 시간」이 오늘에 이르기까지 건재한 데에는 ㅎ선생님과 ㅈ선생님을 비롯한 원년 맴버들의 의지가 절대적이었다. ㅎ선생님은 「아름다운 시간」의 우람한 거목으로 오랜 기간 회장을 맡아 독서모임의 중추적 역할을 하시며 독서회의 기틀을 닦아 놓으셨다. ㅎ선생님의 뒤를 이어 만년 회장인 ㅈ선생님은 평화롭고 정다운 모습으로 변함없이 「아름다운 시간」을 따뜻한 시간으로 이끌어 가신다. 선생님의 기획력으로 진행되는 연 1-2회의 특별한 「독서기행」으로 회원들은 나름 의미있는 시간을 누리기도 한다. 그리고 첫 모임 이후 오랜 세월 마산에서 진주까지 먼 밤길을 마다하지 않고 달려와 「아름다운 시간」의 살림을 맡으며, 특유의 유머와 재치로 모임의 분위기를 살리는데 크게 기여하는 ㅅ선생님은 우리 독서모임을 더욱 아름다

작은 숲지기의 꿈

운 시간으로 만드는 마스코트다.

오랜 세월 「아름다운 시간」이 이어지며 잊을 수 없는 일들이 많았는데, 그 중 하나가 ㅌ고에서 가졌던 독서모임이다. 독서모임의 초기 회원이던 ㅇ선생님이 경남의 첫 공립 대안학교 ㅌ고 초대 교장으로 부임하셨는데, ㅇ선생님은 평일에는 기숙사에 계시기에 모임에 참가하기 어렵게 되었다. 그래서 우리 회원들이 ㅌ고로 가 교장실에서 독서모임을 가졌는데, 그때 ㅇ선생님과 친분이 두터웠던 사회 활동가들과 함께 모임을 갖기도 하고, 작가 초청도 이루어져 폭넓은 시각을 가질 수 있는 계기가 되었다.

「아름다운 시간」이 어느 정도 연륜이 쌓일 무렵, 현직 교사가 아닌 카이에 근무하시던 ㄴ실장님이 우리 독서모임에 합류하셨다. 깔끔한 외모에 세련된 모범생 같은 모습의 ㄴ실장님은 우리 모임에 활기를 불어넣는 역할을 톡톡히 하셨다.

이처럼 책을 통하여 나은 세상, 보다 아름다운 세상을 꿈꾸며 활동하던 회원들이 어느 해 늦여름, 산청에 있는 선유동폭포를 찾았다. ㅎ선생님이 여름이면 가끔 찾는 곳이라고 하시며 우리를 안내하셨는데, 폭포도 아름다웠지만 바위도 절경이었다. 사람들의 눈에 잘 띄지 않는 깊숙한 곳에 자리 잡은 폭포의 아름다움에 취하고, ㅎ선생님이 준비한 와인에 취한 회원들은 넓은 바위에 앉아 노래를 한 곡씩 부르며 흥을 돋우었다. 그리고 모임을 마무리할 즈음 우리 회원들은 회장님의 앵콜송을 듣고 싶다며 환호하며 신청하였다. 음치라며 잠시 망설이던 ㅈ선생님은 수줍어하는 모습으로 나직이 노래를 시작하였는데, 그때 부른 노래가 「이별노래」였다.

떠나는 그대 조그만 더 늦게 떠나준다면
그대 떠난 뒤에도 내 그대를
사랑하기에 아직 늦지 않으리
그대 떠나는 곳 내 먼저 떠나가서
그대의 뒷모습에 깔리는 노을이 되리니
옷깃을 여미고 어둠속에서 사람의 집들이 어두워지면
나 그대 위해 노래하는 별이 되리니
떠나는 그대 조그만 더 늦게 떠나준다면
그대 떠난 뒤에도 내 그대를
사랑하기에 아직 늦지않으리

정호승 시인의 시에 최종혁 씨가 곡을 붙이고 가수 이동원 씨가 불렀던 이 노래는 큰 인기를 누려 레코드 판매 수가 많았다. 그리고 그 시절 노래방에서도 인기리에 많이 불리던 노래였다.

작은 숲지기의 꿈

추억과 오늘 ●

그동안 독서교육에 관심이 많았던 많은 선생님들이 참여하였다가 여러 사정으로 떠나갔고, 변함없이 자리를 지켜온 원년 멤버 4명(ㅎ, ㅈ,ㅅ,ㄹ)에 ㄴ실장님, 마산에서 참여하는 ㅈ선생님, 경기도에서 퇴직한 ㅂ 선생님과 함께 아름다운 시간을 만들어가고 있다.

「아름다운 시간」의 독서활동은 활동은 다양한 형태로 진행되었다. 2012년 1월, 10주년 기념식은 바다 건너 대마도에서 하루키 작품으로 이색적인 독서토론을 가졌고, 20주년 기념식은 2021년 1월 중순, 지리산 뱀사골 와운 마을 「천년송」 아래에서 나의 퇴직 기념식과 더불어 가졌다. 이 자리에서 ㅈ선생님은 축시로 정현종 시인의 「방문객」을 낭송하였고, 나는 퇴직 소회를 발표하며 오영수 작가의 「요람기」 중 "소년은 멀리멀리 떠가는 연에다 수많은 꿈과 소망을 띄워 보내면서, 어느새 인생의 희비애환(喜悲哀歡)과 이비(理非)를 아는 나이를 먹어 버렸다"라는 내용을 인용하였다. 그날 천년송은 더욱 푸르고 우람하였다.

제6장

인연의 보고(寶庫)와
해후하는 시간

01.

월엽(月葉) 선생님의 신념과 열정,
산넘어 남촌에는

1975년 3월 2학년 첫 국어 수업시간, 하동 옥종 중학교에서 산골 중 산골인 우리 학교로 부임하신 ㄹ선생님의 첫 인상은 몹시 무서워 보였다. 그러나 ㄹ선생님은 첫 시간부터 우리의 마음을 흔들어 놓았다.

첫 수업시간에 칠판에 커다란 나무를 그려놓으시고 다음과 같이 말씀하셨다. "지금까지는 교사가 나무 위에 올라가서 자기 마음에 드는 과일을 따서 학생들에게 그냥 던져 주었지만, 나는 여러분들이 나무 위에 스스로 올라가서 원하는 과일을 따 먹을 수 있도록 도와주겠다." 이 말씀은 당시 15살 산골 학생들에게 신선한 느낌으로 다가왔다.

작은 숲지기의 꿈

선생님 수업은 확실하게 1학년 때의 수업과는 달랐다. 수업을 시작할 때 단원의 취지를 충분히 설명하셔서 이해와 흥미를 북돋아 주셨다. '어머니의 사랑'이 주제인 이헌구의 수필 '어머니'를 감상하면서, 어머니의 사랑에 대한 다양한 내용을 제시하여 학생들이 주제를 깊이 이해하도록 도와주셨다. 사실 1학년 국어 시간에는 선생님이 글을 읽어 가며 설명하고 중요한 부분에 밑줄을 긋고 필기하는 형식으로 진행하였다. 이러한 수업을 받아 왔었기에 선생님의 수업은 새로움 그 자체였다.

교과서에 등장하는 시는 무조건 외우게 하고 직접 확인을 하셨다. 시는 외우면서 감상을 해야 그 의미를 제대로 파악할 수 있다고 하시면서. 그래서 나는 교과서에 나오는 시는 다 외웠다. 그렇게 외운 시들은 많은 감흥을 불러일으키며 오래오래 기억되었고, 나중에 시를 전공하는 기틀을 다지게 하였다.

선생님은 2학년 국어와 1학년 한문 수업을 담당하셨는데, 오월의 어느 날 창밖을 보니 1학년 학생들이 한 손에 책을 들고 기다란 꼬챙이로 운동장 바닥에 무엇인가 쓰면서 왔다 갔다 하였다. 무슨 일인지 궁금하여 나중에 1학년들에게 물어보니 운동장에서 한자 쓰기 연습을 하였다고 하였다. 당시 70년대 산골 마을은 몹시 가난하여 연습장을 준비할 경제적 여유가 없다고 생각하셨는지, 한문 교과서를 공부하고 난 다음 쓰기 연습은 운동장에 직접 나가서 쓰게 하였던 것이다.

이 외에도 쓰기 연습과 읽기 연습 등 당시로는 획기적인 방법으로 학생들을 지도하셨다. 내가 교사가 되어 수업시간에 학생들을 지도할 때에도 유용하게 실천할 수 있는 지도 방법이었다. 이처럼 ㄹ선생님은 70년대에 벌써 미래를 생각하는 교육, 우리의 삶과 연관된 살아있는 교육을 몸소 실천하셨고 자연의 소중함도 일깨워 주는 수업을 진행하셨다.

그리고 선생님은 조회 시간과 종례 시간에 우리 산골 학생들의 귀가 솔깃할 정도로 생활에 필요한 이야기를 구체적으로 해 주셨다. 어린 중학생들에게 추상적이고 막연하게 이야기를 하는 것이 아니라 우리 삶의 절실한 문제에 대해 말씀해 주셨고, 어떤 자세를 가지고 살아야 하는지 다양한 사례를 제시하며 말씀해 주셨다. 훗날 선생님의 교육 철학에는 실존주의 사상이 바탕 되어있었을 것이라는 생각이 들었다. 이런 말씀을 들으며 산골 아이들은 우리를 감싸고 있는 현실을 보다 객관적으로 이해하려 노력하였고, 우리가 어떤 생각을 가지고 어떤 길로 나아가야 하는지를 고민하게 되었다.

그러나 수업이 항상 진지한 시간만은 아니었다. 진지하게 수업을 진행하시다 가끔 학생들에게 사모님과 있었던

　　　　　　　　作은 숲지기의 꿈

꿀 같은 연애담도 들려주셨는데, 사모님을 만나 뵙고 말씀을 들으니 선생님이 해 주신 말씀이 과장이 아니라는 사실을 알 수 있었다. 평생 시인의 아내로 사시면서 선생님을 자랑스러워하시는 사모님을 뵈며, 월엽(月葉) 선생님은 행복한 삶을 영위하신 것이 맞다는 생각이 들었다.

우리에게 많은 생각을 하게 만든 국어 시간의 기본 교재인 교과서는 1학기와 2학기 두 권으로 되어있었는데, 1학기 교과서의 시는 주로 봄, 희망, 출발이라는 주제의 시가 실려있었고, 2학기 교과서에는 가을의 정취, 결실, 사색의 의미가 담겨있는 시들이 실려있었던 것으로 기억한다.

선생님과 새 학기 수업을 시작한 2학년 1학기 교과서에 앞부분에 실려있던 「산 넘어 남촌에는」은 교과서를 펼치고 낭송하는 순간, 마음 뭉클한 느낌이 파고드는 시였다.

산 넘어 남촌에는 누가 살길래
해마다 봄바람이 남으로 오네
꽃피는 사월이면 진달래 향기
밀익는 오월이면 보리 내음새
어느 것 한가진들 들려 안 오리
남촌서 남풍 불 때 나는 좋데나

노래 「산 넘어 남촌에는」은 아지랑이 피어오르는 들녘처럼 설렘 가득한 봄의 전령사이다. 이 전령사는 호기심 많고 감수성 예민한 중2의 청소년기로 나를 되돌려 놓는다. 산골에 갇혀 있었지만 먼 곳을 그리워하며 꿈꾸었고, 생각은 좁았지만 작은 진실만은 놓치고 싶지 않았던 까까머리 시절로. 그리고 그 한가운데에 ㄹ선생님이 계신다.

추억과 오늘 •••••••••••••••••••••••••••••••••••••
학생들에게 '개떡 선생님'으로 불리기를 원하셨던 ㄹ선생님의 호는 월엽(月葉)이다. 선생님과는 중 2때 국어 선생님으로 인연이 시작되어 3학년 1학기에는 담임 선생님으로 가까이서 뵙고, 졸업 후에는 가끔 찾아뵈며 지금까지 소식을 전하고 있다.

선생님은 1977년 '감하나' 시집을 내시고 그 후에도 많은 시집을 출간하셨다. 시집을 내시면 꼭 나에게 보내 주셨는데, 선생님께서 퇴직하시던 해에 찾아뵙고 전화만 드리고 찾아뵙지 못하다 2022년 여름에 찾아뵈었다. 선생님은 여든을 목전에 둔 모습으로는 믿기지 않을 정도로 정정한 모습이셨다. 나를 보시고는 손을 들어 "요만할 때 만났는데 벌써 자네 머리에 서리가 내렸구나" 하시면서 반가워하셨다. 나는 10대, 선생님은 30대에 학생과 교사로 만나 47년이라는 세월이 흘렀다.

작은 숲지기의 꿈

02.

한산도의 아스라한 잔영, 섬집 아기

　내가 중3이던 5월 어느 날, 초등학교에 다니는 동생을 통해서 ㄱ선생님이 만나자고 하였다. 그래서 학교를 마치고 초등학교로 가니, 선생님이 거처하는 사택 옆방이 비어 있는데 깨끗하게 청소를 하여 우리 친구들이 그곳에서 공부하는 것은 어떻겠냐는 제의를 하셨다. 나는 부모님의 허락을 받고 방을 청소하고 친구들과 산으로 가서 땔감을 준비하였다. 그리고 동생과 친한 친구 몇 명과 함께 학교 사택에서 머물렀는데, 공부하기보다는 이야기하고 놀았다. 우리는 연기로 메케하고 가끔 천정에서 쥐가 바스락거리는 사택에서 집을 떠난 자유로움을 즐겼다.

우리가 옆방에서 공부하기를 바랐던 것은 선생님 혼자 사택에 지내기가 무서웠기 때문이었다. 당시 시골에는 청년들이 많았는데 학교 운동장에서 놀다 집으로 돌아가는 으슥한 밤에 사택 옆길을 지나며 '휘익 획' 휘파람을 불거나 큰 소리를 내어 선생님을 놀라게 했던 것이다. 도시에서만 살아 벽촌생활이 낯설었던 선생님은 그 상황들이 무척 두려웠으리라. 우리가 옆방에 불을 켜고 모여 있으니 이런 일들은 드물었지만, 가끔 다른 방법으로도 선생님을 놀라게 했다고 한다. 그렇게 1학기를 보낸 선생님은 2학기부터는 학교 가까운 마을에 방을 얻으려 하였으나 여의치 않아 우리 집으로 이사를 하였다. 부모님은 집은 비좁아도 우리 집에서 함께 지내자고 허락을 하셨다.

선생님은 우리와 함께 생활하며 많은 이야기를 해 주셨다. 고등학교 시절 경남 정구 대표선수로 전국체육대회에 참여했던 이야기와 약혼자인 ㅅ선생님에 대해서도. 특히 문학과 삶에 대한 이야기는 감수성 예민한 청소년기의 나에게 풍부한 자양분이 되었다.

1977년 2월, 나는 읍내 고등학교에 입학하며 고향을 떠났다. 토요일 오후에 집으로 오면 선생님은 진해에 있는 댁으로 가실 때도 있었고 집에 계실 때도 있었다. 그리고 그해 가을 약혼자인 ㅅ선생님과 결혼식을 올리고 이듬해인 1978년 2월, 부군이 계시던 한산도로 전근을 가셨다.

선생님이 전근 가신 그해 봄, 우리 집에는 바로 위의 형이 세상을 떠나는 슬프고도 가슴 아픈 일이 있었다. 깊은 슬픔에 잠겨 있다 보니 선생님께 연락도 못 드렸는데, 그해 가을에 선생님은 편지와 함께 '김소월 시집'과 릴케의 '젊은 시인에게 보내는 편지'를 보내 주셨다. 충무 시내(현재 통영시)에 나갔다가 내 생각이 나서 서점에 들렀다는 내용과 함께. 고향 초등학교에 근무하고 있는 선생님으로부터 슬픈 소식을 늦게 듣고 마음이 아팠다고 하면서 위로해 주셨다. 나는 감사하다는 답장을 선생님께 보냈다. 그리고 한동안 연락이 끊겼다.

1981년 2월, 동생과 함께 진해에 살고 계시는 아버지 친구분 댁을 방문한 적이 있었다. 우리 형제가 진해를 찾은 것은 아버지 친구분을 찾기보다는 선생님의 소식을 알기 위해서였다. 선생님 댁을 한 번 가본 적이 있는 동생이 기억을 되살려 댁을 찾으니 마침 선생님 동생이 있었다. 동생은 우리를 반갑게 맞아 주며 선생님의 소식을 들려주었다.

고향으로 돌아와 편지를 보냈더니 답장이 왔다. 군에 입대하여 복무하다 1982년 6월, 첫 휴가 때 부산에 계시는 선생님을 찾았다. 미리 전화를 드리니 골목 앞까지 마중을 나와 계셨다. 그동안 나누지 못했던 이야기를 나누고 부군인 ㅅ선생님과 함께 자갈치 시장으로 가서 회를 안주로 잘 마시지 못하는 소주를 마셨다. 그리고 1985년 봄, 부산에서 외사촌 결혼식이 있었는데, 결혼식에 참석하고 서대신동의 선생님 댁을 찾았다.

그해 여름, 선생님은 어린 두 자녀를 데리고 고향집에 오셨다. 근무하시던 초등학교 운동장에서 아이들과 함께 놀기도 하고 우리 가족과 많은 대화를 나누었다. 3일 동안 지내다 부산으로 가셨는데, 가실 때 부모님은 '친정이라 생각하고 언제든지 오라'고 말씀하셨다.

엄마가 섬 그늘에 굴 따러 가면
아기가 혼자 남아 집을 보다가
바다가 불러주는 자장노래에
팔 베고 스르르르 잠이 듭니다

이 노래에는 한산도에 계셨던 선생님의 잔영이 그대로 스며들어 있다. 해마다 세모가 되면 송년 음악 프로에서 이 노래를 자주 들려준다. 이 노래를 들을 때면 한산도 은빛 잔물결과 선생님의 모습이 되살아난다.

1988년 봄, 태어나서 처음으로 한산도를 찾았다. 한산도의 바다는 봄볕을 심하게 타고 있었다. 물고기 비늘처럼 고요한 바다를 수놓던 윤슬들, 그 윤슬들이 나를 평화로운 모습으로 반기고 있었다.

작은 숲지기의 꿈

추억과 오늘 •

선생님은 1989년 2월 나의 결혼식에 오셔서 예쁜 원앙 한 쌍을 선물해 주셨고, 어머니의 팔순 기념, 부모님이 세상을 떠나셨을 때도 오셔서 슬픔을 함께해 주셨다.

그리고 열정적으로 학생들을 가르치다 퇴직하시고 그림 공부를 시작하여 화랑에서 전시회도 가졌다. 많은 그림이 인상적이었는데 그 중에서도 바위에 힘차게 부딪히는 파도를 소재로 한 수채화가 인상적이었다.

03.
두견 울음과 이야기 속 상록수

1978년 여름 홍수에 냇가에 있던 우리 논의 벼가 황토물에 휩쓸려 그해 벼 수확은 거의 없었다. 봄에 형이 세상을 등지고 여름에 수해까지 입어 우리 집 분위기는 더 어둡고 우울했다. 이런 상황에도 어김없이 추석 명절은 찾아 왔다.

추석 전날 아버지는 마을에서 자취하고 계시는 선생님이 고향에 가지 못하고 집에 있는 것 같으니 집으로 모시고 오라고 하였다. 아들을 저 세상으로 먼저 보내고 괴로워하던 아버지는 객지에서 홀로 명절을 보내는 큰아들 또래의 선생님이 가여워 보였던 것이다. 나는 우리 집 가까이 있는 선생님 자취방으로 가서 말씀드리니 그렇게 하겠다고 하

작은 숲지기의 꿈

며 바로 따라오셨다. 추석이라 해도 우리 집에 온 선생님을 대접할 만한 음식은 변변찮았다. 푸르딩딩한 사과와 금방 부엌에서 쪄낸 백설기가 전부였다.

떡과 사과를 차려드렸는데 조금만 드시고는, 대신 나와 동생과 함께 많은 이야기를 하였다. 시를 좋아하여 거창 가을 축제인 '아림제'에 시화를 출품했다는 이야기를 하니 읍내 나가는 길이 있으면 시화전에 들러 보겠다고 하셨다. 세 시간 정도 이런저런 이야기를 나누다 선생님을 바래다 드렸다.

늦가을의 토요일 오후, 버스에서 내려 집으로 오는 골목에서 선생님을 만났다. 선생님은 읍내 가는 길에 시화전을 보았는데 시가 좋았다는 이야기를 하셨다. 그리고 읍내 자취방 주소를 물으셨다. 대학에 가려면 참고서가 필요할 것인데 동생이 사용하던 참고서가 있으니 보내 주겠다고 하시며.

내가 고3이 되던 해 2월, 선생님은 하동 화개초등학교로 발령이 나서 가셨다는 소식을 들었다. 그리고 새 학기가 시작된 3월 초순, 학교에 다녀오니 자취방 섬돌 위에 큰 소포 2개가 나를 기다리고 있었다. 선생님이 동생이 사용하던 참고서를 보낸 것이었다. 나는 진심으로 감사의 편지를 보냈다.

1981년 5월 중순, 입대를 앞두고 선생님이 계신 화개초등학교를 찾았다. 태어나서 처음 가는 하동길이었다. 진주에서 하동으로, 하동읍에서 다시 화개로 가는 완행버스를 탔다. 그때만 하더라도 화개(花開)길은 비포장으로 차가 지나면 먼지가 자욱하였다. 화개 가는 길 왼편에는 비취색의 섬진강이 유유히 흐르고, 은모래가 오월의 햇살 아래 눈부시게 빛났다. 청명한 오월의 하늘 아래 주위 배밭에는 배꽃이 하얗게 드리워 있었다.

선생님은 놀라면서도 반갑게 맞아 주셨다. 그리고 쌍계사 입구 솔밭에 어떤 스님의 시화전이 있으니 보고 오라고 하셨다. 벚나무 십리 길을 걸어 솔밭으로 갔다. 스님의 시화들이 소나무에 기대어 오월의 솔바람을 맞고 있었다. 사람이라고는 찾아볼 수 없는 고요한 산사 솔밭에서 스님의 시화와 교감의 시간을 가졌다.

학교 사택의 선생님 방은 좁았다. 책과 간단한 살림살이가 가지런히 정리되어 있었다. 손수 저녁을 지어 주셨는데 된장국과 소박한 밑반찬이 전부였지만 맛이 있었다. 그리고 선생님은 동료 선생님 방에서 자고 올 테니 이 방에서 편히 자라고 하시며 이부자리를 펴 주고 나가셨다. 지리산이 깊은숨을 몰아쉬는 밤, 깊은 침묵 속에 두견의 울음이 정적을 깨뜨렸다. 지리산 골을 타고 내려온 바람이 문 앞을 스쳐 가며 고적감을 더 깊게 하였다. 이런저런 생각들로 잠을 이룰 수 없었다. 이곳까지 와서 선생님을 곤란하게 하지는 않았을까 하는 생각과 신세를 지는 미안한 마음이 나를 부끄럽게 하였다.

다음 날 아침 선생님은 일찍 오셔서 아침상을 차려 주셨다. 함께 밥을 먹으며 친구 결혼사진이라며 사진 한 장을 보여주는데, 사진의 배경이 예식장이 아니고 어떤 산 같았다. 내가 궁금해 하니 그 사진에는 깊은 사연이 있다고 하시며 친구의 이야기를 들려주셨다. 친구는 민주화 운동을 하던 사람과 사귀고 있었는데, 끝까지 부모님이 반대하자 가까운 친구들만 초대하여 무등산에서 결혼식을 올리고 「상록수」를 부르며 행진하였다는 이야기를 해 주셨다. 그래서인지 사진으로 본 신부의 모습이 왠지 쓸쓸해 보였다.

선생님의 이야기를 통해 알게 된 양희은의 「상록수」는 오랜 세월이 흐른 뒤 고 노무현 전 대통령께서 기타를 치며 부르셨던 노래이기도 하다.

저들에 푸르른 솔잎을 보라 돌보는 사람 하나 없어도
비바람 맞고 눈보라 쳐도 온 누리 끝까지 맘껏 푸르리
서럽고 쓰리던 지난날들도 다시는 다시는 오지 말라고
땀 흘리리라 깨우치리라 거칠은 들판에 솔잎 되리라

화개를 다녀오고 두 달 뒤 입대하여 이 노래를 들을 기회가 없었다. 전역 후 노래를 들었을 때의 감동은 컸다. 노래

가사와 함께 선생님 친구분의 애틋하고 아픈 사연까지 겹쳐져 더 가슴 아린 노래가 되었다. 그리고 불행하게 타계하신 고 노무현 전 대통령을 생각하게 하는 노래이기도 하다.

추억과 오늘 ·
자대에 배치받아 정신없이 임무에 충실하던 1981년 12월 초순, 서울에는 첫눈이 내렸다. 내가 근무하던 한강과 근무지에서 바라본 강 건너 한남동에도 은색의 선물이 고루 내려 쌓이고 있었다. 오전 근무를 마치고 옷을 갈아입기 위해 사물함을 여니 하얀 편지봉투가 쌓여 있었다. 선생님이 반 학생들에게 위문편지를 쓰게 하였던 것이다. 연필로 꾹꾹 눌러 쓴 소박한 편지를 몇 번이고 읽었다. 그리고 스무 명 남짓한 학생들 모두에게 답장을 쓸 수 없어 반 전체를 대상으로 답장을 보냈다.

작은 숲지기의 꿈

04.

반전 드라마의 사연,
바닷가의 추억

　입대 동기 ㅎ을 다시 만난 것은 학원 강의실에서였다. 하얀색 바지를 입은 그는 이마의 주름이 인상적이었다. 서울에서 헤어지고 기약이 없었는데 다시 만나게 되어 반갑기도 하였지만, 더 반가운 것은 대입을 준비하는 공통분모를 가지고 있다는 사실이었다. 대구에 아는 사람이 별로 없었는데 군 동기가 함께 있다는 사실이 큰 위안과 격려가 되었다. 우리는 자주 만났고 서로 격려하며 분투하였다.

　더위가 기승을 부리던 8월의 어느 날, 한 번도 학원을 빠지지 않던 그 친구가 며칠 동안 나오지 않았다. 함께 공부하는 그 반의 사람에게 물어보니 모른다고 하였다. 학원을 마치고 그의 집을 찾았다. 방문을 열어보니 그는 웃통을 벗고(그해 대구의 날씨는 무척 더웠다) 망연자실한 표정으로 멍하게 앉아 있었다. 나는 친구가 걱정되어 왜 불도 켜지 않고 이렇게 있는지 조심스럽게 물었는데, 그는 순순히 자신의 상황을 이야기하였다. 군 복무 시절 사귀던 여자 친구가 죽었다는 연락을 받았는데 세상을 다 잃은 것처럼 슬프고 고통스럽다고 했다. 나는 큰 충격을 받았다. 그리고 함께 슬퍼하며 위로해 주었다.

나도 그 여자 친구를 서울고속버스터미널에서 본 일이 있다. 설을 며칠 앞둔 어느 날, 여자 친구가 고향 가는 고속버스표를 구하지 못하였다는 ㅎ의 연락을 받고 내가 표를 구해 여자 친구에게 전해 준 일이 있다. 큰 키에 지적인 눈, 우수에 젖은 모습이 인상적이었다.

한동안 ㅎ은 슬픔에서 벗어나지 못하였다. 나는 두어 번 더 그의 방을 찾았다. 하루는 그의 방을 찾아 한동안 말없이 함께 앉아 있는데 계절이 여름이어서인지 옆방 라디오에서 키보이스의 「바닷가의 추억」이 쓸쓸하게 들려왔다.

바닷가의 모래알처럼 수많은 사람 중에 만난 그 사람
파도 위의 물거품처럼 왔다가 사라져간 못 잊을 그대여
저하늘 끝까지 저 바다 끝까지 단둘이 가자던 파란
꿈은 사라지고
바람이 불면 행여나 그님일까 살며시 돌아서면 쓸쓸

한 파도소리

친구에게 고통스러운 그 상황이 노래 가사의 상황과 흡사하다는 생각이 들었다. ㅎ은 며칠간 앓다 수척한 모습으로 학원에 나왔다. 그리고 그 일을 잊으려는 듯 공부에 매달렸다. 가을에는 독서실에서 기거하며 공부에 매진하다 정신이 혼몽해지는 시련을 겪기도 하였다. 그는 나와 같은 전기대학에 지원하여 실패한 후 후기의 공학계열로 진학하였다. 대학생이 된 우리는 일주일에 두어 번 정도 만나 많은 이야기를 나누었다. 철학적 냄새가 물씬 풍기는 언어로 사뭇 진지한 주제를 던지는 그와 깊이 있는 대화도 많이 하였다. 주로 밤에 만났는데 '이종환의 밤의 디스크 쇼'도 함께 들으며 음악과 인생에 대해, 대학 생활과 앞날의 고민을 나누다 자정이 가까이 되어 헤어졌다.

추억과 오늘 ·······································
내가 대학 졸업반이던 1988년 가을, 느닷없이 결혼한다는 ㅎ의 연락을 받았다. 놀라며 어떻게 된 일이냐고 물으니, 여자 친구가 죽었다는 말은 그의 남동생이 서로 헤어지게 하기 위해 지어낸 말이었다고 하였다. 그 사실을 알고 서울로 바로 올라가 그 여인을 찾는 데 성공하여 결국 결혼식을 올린다는 것이었다. 이 사건은 반전 중에서도 극적인 반전 드라마였다. 이런 반전도 그렇게 많지는 않을 것이다.

05.
잔잔한 밤바다와 함께한
해변의 여인

1985년 가을, 대학 교지(校誌)인 'ㅇㄱ문화'에서 수습 기자를 모집하였다. 나는 예비역이기에 어려울 것이라는 사실을 알면서도 지원을 하였고, 처음 발표에는 낙방하였다. 그러나 나중에 교지 발간을 함께 해 보자는 제안이 있어 교지 편집국에 들러 일을 도왔다. 그때 나와 함께 교지 편집기자로 잠시 활동했던 인연으로 지금까지 소식을 주고받는 사람이 ㄱ선생님이다.

국문학과에 재학 중인 ㄱ선생님은 서울에서 대학을 다니다 국문학을 공부하고 싶어 우리 대학 장학생으로 입학하였다. 그러다 보니 학업에 임하는 자세가 남달랐다. 특히 언어학(言語學)에 관심이 많아 전공 학생들도 어려워하는 언어학(言語學)을 깊게 공부하여 주위 학생들에게 친절하게 설명해 주기도 하고, 나에게도 어학을 효과적으로 공부하는 방법을 꼼꼼하게 가르쳐 주었다.

이렇게 만남을 이어가던 1986년 여름, 우리는 도서관에서 아르바이트를 하던 영어교육과 학생에게 텐트와 장비를 빌려 2박 3일 삼척 맹방해수욕장으로 여름 여행을 떠났다. 맹방해수욕장은 삼척화력발전소에 근무하셨던 고모부님으로부터 들어 잘 알고 있었다. 고모님이 삼척에 계실 때 몇 번 가보았는데, 물이 깨끗하고 잘 알려지지 않은 해수욕장이라고 하셨다. 기차를 타고 영주로 가서 버스로 울진 불영계곡을 찾아 1박 하고, 다음날 맹방해수욕장으로 갔다.

해수욕장 모래 위에 텐트를 치고 수영을 하는데, 고모님의 말씀처럼 물이 깨끗하고 사람들이 많이 붐비지 않아 좋았다. 정신없이 수영하다 옆을 보니 아저씨들이 바닷속에서 무엇인가 건져 올리고 있었는데, 자세히 보니 조개였다. ㄱ선생님과 나도 바닷속 구멍이 나 있는 곳을 발가락으로 조금씩 파 보니 그곳에는 지우개 크기의 조개들이 있었다. 너무 신기하여 수영을 멈추고 조개잡이에 집중하여 한시간 동안 코펠에 가득 잡았다.

그리고 가스버너에 삶아 그냥 먹기도 하고 된장국에도 넣었는데 된장국 맛이 일품이었다. 된장국으로 차려진 저녀 식사를 마치고 텐트 밖에 앉아 있는데, 옆 텐트 라디오에서 오후 7시 시보(時報)가 들렸다. 시보의 주체는 강릉문화방송이었는데, 그것을 듣는 순간 우리가 멀리 와 있다는 사실을 몸소 느꼈다.

해거름이 지자 우리는 잠시 해변을 걸었다. 가족들과 함께 온 사람들은 서로 손을 잡고 산책을 하고 있었고, 친구들과 함께 온 젊은이들은 공놀이하며 저물녘 훈훈한 풍경을 연출하고 있었다. 아늑하고 포근한 해수욕장의 모습이었다. 어둠이 깊어지자 드문드문 자리 잡은 텐트에 불이 켜지고 두런두런 이야기 나누는 소리가 들리기도 하고, 조금 떨어진 텐트에서는 팝송이 들려오기도 하였다. 우리도 텐트로 들어와 파도 소리를 들으며 이런저런 이야기를 나누었다. 이야기를 나누다 끝임없이 밀려드는 파도 소리에 갑자기 생각나는 노래가 있기에 나지막이 그 노래를 불렀다.

물위에 떠 있는 황혼의 종이배
말없이 바라보는 해변의 여인아
바람에 휘날리는 머리카락 사이로
황혼빛에 물드는 여인의 눈동자
조용히 들려오는 조개들의 옛이야기
말없이 바라보는 해변의 여인아

작은 숲지기의 꿈

「해변의 여인」은 고등학교 시절 나훈아 테이프에서 자주 듣던 노래다 보니 저절로 기억된 노래다. 그동안 전혀 기억이 나지 않았는데, 으슥한 밤 해변으로 밀려드는 파도 소리에 저절로 기억 장치가 풀렸는지, 그때 그 노래가 떠올라 운치 있는 밤 분위기를 만들었다.

이튿날, 우리는 삼척에서 기차를 타고 영주로 와서 다시 열차를 갈아타고 대구로 돌아왔다. ㄱ선생님과 함께 한 2박 3일의 여행은 내 젊은 날 또 다른 아름다운 추억으로 자리 잡고 있다.

추억과 오늘 ••••••••••••••••••••••••••••••••••

ㄱ선생님은 보통 사람들과는 다른 영민함을 가지고 이 세상에 태어난 것 같았다. 청년 시절에 독학한 주역을 바탕으로 우리의 손금을 봐 주기도 하고 운세를 말해주었는데 신기하게도 맞는 경우가 많았다. 지금도 그 분야에서 유명세를 타고 있다. 지금은 모교의 관리자로서 후학 뒷바라지에 온 힘을 쏟으면서도 여러 권의 시집을 출간하여 문인과 교육자로서 일취월장(日就月將)하는 옹골찬 삶을 살고 있다.

06.

기다려 주지 않는 회한,
사랑의 미로

　도서관 아르바이트가 끝날 무렵 도서관에서 자주 만나던 영어교육과 ㅊ군이 나에게 자기가 근무하고 있는 '사회교육원'에서 근무할 의향이 있느냐고 물었다. 자기는 다른 곳으로 자리를 옮긴다고 하면서, 의향이 있으면 학감님께 말씀을 드려보겠다고 하였다. 나는 학업과 더불어 계속 아르바이트를 해야 할 형편이기에 그렇게 하겠다고 하니, 며칠 후 나를 사회교육원 ㅇ학감님께 데리고 가서 인사를 시켜 주었다. 작은 키에 인자한 모습의 학감님은 흔쾌히 다음 달부터 출근하라고 말씀해 주셨다. 그리하여 86년 9월 1일 사회교육원에서 아르바이트를 시작하였다.

　　　　　　　　　　　　　　　작은 숲지기의 꿈

사회교육원에서 지원하는 경상북도 시·군 여성대학의
모교 방문행사는 주로 토요일에 있었다. 여성대학 모교 방
문이 있는 날 우리는 학교에 미리 가 준비 상황을 점검하고
모교 방문 학생들을 기다렸다. 여성대학 학생들이 도착하
면 우선 대명동 캠퍼스에 있는 박물관을 둘러보고 강당으
로 옮겨 특수학교 학생들의 눈물겨운 환영 연주를 들었다.
주로 지체 장애우들로 구성된 연주단의 연주에 방문객들
은 눈물로 호응하였다.

　　그리고 경산 캠퍼스로 향하는 버스에 학감님과 함께 탑
승하였다. 학감님은 대명 캠퍼스에서 하양 캠퍼스까지 가는
도중 학교 홍보에 온 열정을 다하셨다. 대학의 교육 이념, 규
모, 학과의 특성, 진로까지 정성을 다하여 친절하게 안내하
셨다. 홍보 결과는 바로 나타났다. 방문객들은 많은 관심을
가지고 옆에 있는 우리에게 대학의 궁금한 점을 많이 물어
보셨다. 그리고 자녀의 진학에도 참고하겠다고 하셨다. 그
리고 연말이면 어김없이 많은 분들이 사무실로 전화하여 진
학에 대하여 문의하고 자녀들을 지원하게 하였다.

　　대학 홍보가 마무리되면 여성대학 학생들은 어김없이
노래를 신청하였다. 방문객들이 주로 여성들이어서 목소
리 좋은 학감님의 노래를 듣고 싶어 하였다. 학생들이 박수
로 신청을 하면 학감님은 할 수 없이 노래를 부르셨는데 학
감님이 즐겨 부른 노래는 최진희의 「사랑의 미로」였다.

그토록 다짐을 하건만 사랑은 알 수 없어요
사랑으로 눈먼 가슴은 진실 하나에 울지요
그대 작은 가슴에 심어준 사랑이여
상처를 주지마오 영원히
끝도 시작도 없이 사랑의 미로여

　작은 키의 학감님은 마이크를 잡고 약간 비음이면서도 낭랑한 목소리로 이 노래를 열정적으로 부르셨는데, 여성 대학 학생들은 '앵콜'을 연발하였다. 그러나 다음 곡은 잘 부르지 않으셨다. 이렇게 학교를 홍보하고 노래하는 동안 버스는 경산 캠퍼스에 도착하였다. 버스에서 내려 점자 도서관으로 향하는 도중 학감님은 나에게 "오늘 노래가 괜찮았냐?"라고 물으셨다. 이렇게 묻고는 겸연쩍어하시는 모습이 순진한 학생처럼 보였다.

추억과 오늘 •
진주에 있으면서 종종 소식을 드리고 아이들이 태어나 어느 정도 자랐을 때 댁으로 찾아뵈었고, 대학의 사무처장으로 근무하실 때 경산 캠퍼스에도 찾아뵈었다. 평소 성격처럼 온화하고 다정하게 맞아 주셨다. 그리고는 얼굴을 뵐 수 없었다. 바쁘게 지내다 몇 년이 흐른 뒤 전화를 드리니 뇌경색을 앓고 있으며 약을 타러 병원에 계신다고 하셨다. 곧 찾아뵙겠다고 말씀드렸다. 그러나 곧 찾아뵙는다

작은 숲지기의 꿈

는 약속은 지키지 못하였다. 얼마 뒤 전화를 드리니 연락이 되지 않았다. 댁의 전화도 결번이고 휴대폰도 결번이라 연락할 방법이 없었다. 주위에 학감님을 아실만한 분들께 연락을 해도 알 수 없었다. 지금까지도 소식을 들을 수 없고 다만 짐작만 하고 있을 뿐이다. 안타깝고도 죄송한 마음에 회한만 밀려든다.

07.

캠퍼스와 아쉬운 작별,
날이 갈수록

88년은 올림픽을 성공적으로 개최하여 전 세계가 대한민국을 새롭게 보는 해였고, 나에게는 대학 생활을 마무리하는 해였다. 5월의 교생실습, 8월의 제주도 배낭여행, 그리고 마지막 가을학기가 조용히 저물고 있었다. 마음이 허허로운 우리 과 학생들은 강의가 끝나면 자주 분식집에서 막사(막걸리+사이다)로 가는 세월을 아쉬워하였다.

현역 학생들은 대부분 군에 입대하고 남은 사람들은 대부분 예비역이라 감회가 남달랐다. 취업에 대한 막연한 불안감과 대학이라는 울타리를 떠나야 한다는 아쉬움과 안타까움이 우리의 마음을 쓸쓸하게 하였다. 이러한 마음이

작은 숲지기의 꿈

강의가 끝나면 분식집으로 발걸음을 옮기게 하였다.

국문학과 현대시 전공인 ㄱ교수님은 국문학과 학생들의 대부(代父)이기도 하였지만 사범대학 학생들에게도 대부나 다름이 없었다. 다른 교수처럼 권위적이지 않고 큰형님이나 큰오빠처럼 우리를 잘 이해하고 보듬어 주었다. 전공강의 교수님 중 학생들과 제일 가까이 지냈고 스스로 '교수'보다는 '선생님'으로 불러주기를 바라셨다. 새 학기 첫 강의가 끝나면 교수님께서 먼저 모임을 제안하여 우리만의 독특하고 훈훈한 시간을 가지곤 하였는데, 그 모임은 교수님께서 우리에게 베풀어주신 추억의 시간이었다.

그해 초겨울, ㄱ교수님의 마지막 강의가 끝나고 우리는 비장한 마음으로 분식집에 모였다. 앞으로는 이런 소중한 시간을 가질 수 없다는 안타까운 마음으로 분식집에 모인 학생들의 표정은 몹시 쓸쓸해 보였다. 막사 잔이 돌고 돌아 분위기가 무르익을 때 교수님은 학생들에게 차례로 돌아가며 '자네는 어때?'하시며 대학 생활을 마무리하는 소회를 물으셨다. 그리고 그 물음에 대한 답변이 마무리되면 좋아하는 노래를 한 곡씩 부르게 하셨다. 참석자 모두가 대학 생활을 마무리하는 깊은 소회를 이야기하고 애창하는 노래를 분위기 있게 불렀다.

쓸쓸하지만 훈훈했던 전 과정을 보고 계시던 교수님은 자리에서 일어나셨다. 그리고 모두 일어나자고 제안하시

며 옆에 있는 남학생의 어깨에 손을 얹어 어깨동무를 하였
다. 우리도 어깨동무를 하고 방안을 천천히 돌며 헤어지는
섭섭함과 아쉬운 마음을 삼키며 작별의 노래를 불렀다. 교
수님과 학생들이 한마음으로 떠나야 하는 캠퍼스에 대한
미련과 서로의 작별을 아쉬워했다. 그때 불렀던 노래 중 한
곡이 「날이 갈수록」이다.

> 가을 잎 찬바람이 흩어져 날리면
> 캠퍼스 잔디 위엔 또 다시 황금 물결
> 잊을 수 없는 얼굴 얼굴 얼굴들
> 루루루루 꽃이 지네, 루루루루 가을이 가네

  그해 초겨울 마지막 학기는 그렇게 마무리되었다. 그리
고 길고 긴 방학으로 접어들면서 우리는 잊지 못할 추억과
늦깎이 낭만의 아쉬움을 간직한 채 캠퍼스와 작별하였다.
그리고 각자의 길을 묵묵히 걸었다. 고달픈 삶의 가장자리
를 헤매면서도 초겨울 분위기가 감지되고 젊은 시절의 열
정이 그리워지면 이 노래는 선택이 아닌 필수가 된다.

추억과 오늘 ·······································
우리가 졸업하고 난 뒤 ㄱ교수님은 서울 소재의 대학으로 떠나셨
다. 처음 그 소식을 들었을 때 몹시 허전하고 섭섭하였다. 고향의 부

모님이 갑자기 낯선 곳으로 이사를 하셨다는 소식을 접한 심정이었다. 다행스럽게도 방학이면 고향 가까운 곳에 머물며 연구 활동을 하시기에 가끔 뵐수 있는 기회가 있었다.

08.

지리산 불일 평전에 울린
바위고개

　87년 5월 초순, 대학 3학년이던 우리는 지리산 청학동 - 불일폭포 - 섬진강 - 구례 화엄사 - 남원 광한루로 이어지는 코스로 3박 4일의 졸업여행을 떠났다. 대구에서 조금 늦게 출발하여 진주에서 1박 하고 하동으로 가 오랜 시간을 기다려 오후에 청학동으로 들어가는 버스를 탔다. 오후에 도착한 청학동은 '고요' 그 자체였다.

　당시만 하더라도 청학동은 개발이 되지 않은 그냥 평범한 산촌이었다. 새마을 운동으로 초가지붕을 개량하기 전 고향 산골 마을 같았다. 청학동을 둘러보고 훈장님, 아이들과 함께 사진을 찍은 뒤 무거운 짐을 들고 불일 평전으로

　　　　　　　　　　　　　　　작은 숲지기의 꿈

출발하였다.

우리 일행이 오르는 산길 주위에는 산죽이 가지런한 자태로 우리를 반기고 있었고 오월 초순인데 지리산에는 그제야 연초록 새순의 향연이 시작되고 있었다. 4시간 넘도록 힘겹게 걸어 불일 평전에 도착하니 어둠이 내리고 있었다. 야영장에는 아무도 없었고 산장의 불빛만 고즈넉하여 평화로운 분위기였다. 해가 지니 오월 초순의 불일 평전은 춥고 적막하였다. 산장지기의 주의 사항을 듣고 손전등 불을 밝혀 텐트를 치고 저녁 식사를 준비하였다. 대부분 예비역과 여학생이다 보니 준비는 일사천리로 진행되었다. 버너에 불을 피워 밥을 하고 된장을 끓여 조별로 준비한 밑반찬을 풀어놓으니 먹음직한 저녁 밥상이 되었다. 교수님들과 함께 빙 둘러앉아 날이 저물어 제 둥지로 돌아온 새소리를 들으며 식사를 하고 설거지를 마치니 8시가 넘었다. 각자 텐트로 들어가 두런두런 이야기를 나누고 있는데, 우리의 지도교수이며 어학을 담당하시는 ㅈ교수님께서 제일 큰 텐트로 모이라고 호출하셨다.

텐트에 빼곡하게 모인 스무 명이 넘는 학생들은 맥주와 안주를 기본으로 깊어가는 지리산의 분위기에 한껏 젖어들었다. 분위기가 고조되자 교수님께서 대학 생활에 대한 소감을 한마디씩하고 노래를 한 곡씩 하는 것이 어떻겠냐는 제안을 하셨는데, 우리는 박수로 호응하였다. 여행의 의

미가 깊다는 이야기, 청학동의 모습이 고향 같다는 이야기, 이 시간이 대학 생활의 아름다운 추억이 될 것 같다는 이야기와 함께 각자 애송하는 노래 한 곡씩을 풀어 놓았다. 사연이 담긴 애틋한 노래들은 불일 평전 솔숲을 스치는 바람과 함께 깊은 계곡으로 스며들었다.

나는 남다른 우리 졸업 여행 의미를 이야기하고 노래 대신 이형기 시인의 「낙화」를 낭송하였다. 오월 초순의 계절과 지리산이라는 공간적 배경 그리고 졸업여행이라는 특수함이 맞물린 상황에서 「낙화」는 텐트 안 분위기를 숙연하게 하였다. ㅈ교수님은 시가 참 좋다고 하시며 나에게 한 번 더 낭송을 권하셨다. 다시 분위기를 살려 낭송하였다. 우리가 이야기와 노래에 취해 있는 시간, 섬진강을 거쳐 계곡을 타고 온 바람은 텐트를 흔들며 지나고 간간이 흐느끼는 소쩍새 울음이 지리산의 적막감을 더해 주었다.

학생들의 여행 소감과 노래가 마무리되자 ㅈ교수님께서 "대부분 졸업여행은 제주도로 가는데 이번 여행은 특별한 의미가 있고 잊지 못할 여행이 될 것이다"는 말씀과 함께 「바위고개」를 부르셨다.

바위고개 언덕에 혼자 넘자니
옛 님이 그리워 눈물 납니다.
고개위에 숨어서 기다리던 님

작은 숲지기의 꿈

그리워 그리워 눈물 납니다.

강의 시간에는 목소리가 너무 작고 어학의 특성상 어렵고 애매한 부분이 있어 「혼몽」 선생님이란 별명을 가진 교수님의 노래가 너무 비장하여 우리는 숙연한 마음으로 들었다. 사방이 적막한 불일 평전의 고요 속에 저음으로 울려 퍼진 노래는 애절함을 넘어 의지의 표상으로 승화하였다.

자정이 넘어 텐트로 돌아온 우리는 추위에 뜬눈으로 밤을 새웠다. 아침에 텐트 밖으로 나와 보니 교수님 두 분은 너무 추워 버너를 켜 놓다 하마터면 큰일 날 뻔했다는 이야기를 하셨다. 오월 초 지리산은 그만큼 추웠다. 문제는 그 다음에 일어났다. 아침 식사 후 불일폭포에 내려가 물장난을 치다 우리가 좋아하는 국문과 ㄱ교수님을 물에 빠뜨린 사건이었다. 추위에 떨며 밤새 잠도 주무시지 못하였는데 차가운 폭포에 빠뜨렸으니... 정작 ㄱ교수님은 차가운 물속에서 우리와 물장난을 치며 즐거워하셨는데, ㅈ교수님은 굳은 표정으로 "날도 추운데 이게 무엇이냐"라고 하시며 혀를 차고는 꾸중을 하셨다. 시간이 흐른 뒤 가끔 학생들이 모이는 자리에서 "그때 불일 폭포의 일을 생각하면 쯧"하시며 개운치 못한 뒷맛을 남기셨다.

쌍계사로 내려와 절을 둘러보시고 ㅈ교수님은 "원래 쌍계사에 석보상절이 있었다"라고 하시며, 스님을 찾아가 보여달라고 부탁하셨지만 결국 우리에게 석보상절과 해후하는 행운은 주어지지 않았다. 벚꽃 십리 길을 지나 섬진강을 가로지르는 나룻배 위에서 김용택의 「섬진강」을 낭송하며 오월의 섬진강 방문 의식을 치렀다. 연초록 새순으로 치장한 섬진강은 물빛마저 진했다.

여학생들이 점심을 준비하는 사이 우리는 섬진강 백사장에서 팀을 나누어 맨발로 축구를 하였는데 평소 축구를 좋아하시는 ㅈ교수님도 함께 하였다. 교수님은 체육대회 때 우리와 함께 운동장을 뛰셨는데 그 실력이 수준급이었다. 섬진강 백사장에서도 잘 뛰셨다. 즐겁게 축구를 하고 예비역끼리 장난으로 씨름을 하고 있는데, 강물에 머리를 감으며 백사장을 거닐던 국문과 ㄱ교수님이 오셔서 하신 말씀이 우리를 놀라게 하였다. "발로 찼던 공을 어떻게 머리로 들이 받나" 우리는 어리둥절하여 아무 말도 하지 못하고 그 말씀이 진심인지 농담인지 헤아려 보았으나 결론을 얻지 못하였다.

구례 화엄사 야영장으로 가서 1박을 하고 남원 광한루에 도착하니 춘향제가 성황을 이루고 있었다. 남원 추어탕으로 점심 식사를 하고 춘향제를 둘러보는 일정을 마지막으로 졸업여행을 마무리하였다. 대구로 돌아오는 버스에서는 모두 편안하고 안락한 잠을 청할 수 있었다.

추억과 오늘 ·······································

1990년 오월 중순, 국어교육과 후배들이 선배들과의 모임 자리를 마련하였기에 대명동 캠퍼스를 찾았다. 일요일인데도 ㅈ교수님께서 참석하셨는데 정말 반가웠다. 교수님도 반갑게 맞아 주셨다. 행사를 마치고 학교 가까운 중국집으로 가 중국요리로 점심 식사를 하였다. 고량주를 한 잔씩 곁들이니 분위기가 더욱 따뜻해지며 지난 이야기들이 등장하였다. 우리의 졸업여행이 기억에 남는다는 말씀 끝에 교수님은 눈을 지그시 감으시며 "그때 불일폭포의 일을 생각하면 쯧"하시는 것이 아닌가?

2023년 4월 8일(토) 이른 아침, 졸업여행에 동행하셨던 ㄱ교수님께서 카카오톡으로 사진 한 장을 보내 주셨다. 그때 섬진강에서 찍은 것으로 추측되는 사진이었다. 나는 반갑고 벅찬 마음으로 바로 답장을 드렸더니 교수님께서도 "추억을 공유할 수 있어 기쁘다"는 소식을 주셨다.

09.

터프한 멘토의 낭만,
홀로 아리랑

1990년 늦은 봄 직원체육 시간, 배구 1세트가 끝나고 잠시 쉬고 있는데 기술·가정을 담당하는 ㅊ선생님이 내 곁으로 다가왔다. 그동안 나를 지켜보다 직원체육 시간에 나에게 궁금한 점을 물어본 것이다.

이것을 계기로 가끔 교무실에서 선생님과 대화할 수 있는 시간이 많아졌는데, 나는 선생님과의 대화에서 많은 정보를 얻었다. 선생님은 불합리한 일과 부당한 일이 있으면 앞장서서 그것을 개선하려 하였다. 특유의 뚝심과 의지로 투명하고 공정한 교무실 분위기를 만드는 데 앞장섰다. 그리고 나와 인연을 맺은 33년의 세월 동안 변함없이 지지

작은 숲지기의 꿈

해 주고 도와주는 후원자 역할을 도맡았다. 나와 ㅎ선생님이 주축이 되어 꾸려가는 독서 공동체(늘푸른, 벼리독서회)인 「작은숲두레학교」의 보금자리를 만드는 데도 선생님의 도움이 컸다. 예산이 없어 쾌적한 공간을 만들지 못하고 있을 때 에어컨, 책장, 칸막이까지 해결해 주셨고 지금도 우리의 활동을 지켜보며 늘 응원해 주고 후원해 주신다.

오래전 선생님과 함께 산행을 마치고 노래방에 간 적이 있었다. 그때 선생님이 부른 노래가 「홀로 아리랑」이었는데, 허스키한 목소리에 가끔 박자를 놓쳤지만 끈기 있게 마지막 소절까지 다 부르셨다. 엄숙하게 마이크를 잡고 있는 모습에 짙은 호소력까지 더해 비장함마저 느껴지게 하는 이 노래는 선생님께 잘 어울리는 노래였다.

저 멀리 동해바다 외로운 섬 오늘도 거센 바람 불어 오겠지
조그만 얼굴로 바람 맞으니 독도야 간밤에 잘 잤느냐
아리랑 아리랑 홀로 아리랑 아리랑 고개를 넘어 가보자
가다가 힘들면 쉬어 가더라도 손잡고 가보자 같이 가 보자

그 뒤에도 몇 번 노래방에 함께 간 적이 있었는데 그때마다 이 노래를 부르셨다. 나는 아예 이 노래를 예약해 드렸는데 「홀로 아리랑」의 전주곡이 흘러나오면 자동으로 앞으로 나가 마이크를 잡고 노래를 하신다. 선생님의 노래를 들으며 노래방 기기 화면에 비치는 동해의 푸른 물결과 독도의 의연한 모습을 보며 마음 깊은 곳에서 애틋한 그 무엇이 솟아남을 느꼈다.

추억과 오늘 ·
퇴직 후에도 선생님과는 자주 만나고 있다. 인사를 나누면서 시작된 이야기는 헤어질 때까지 끊임없이 이어진다. 퇴직 후 여행밴드팀과 함께한 세계 곳곳의 여행기, 영화, 그리고 평생 몸담았던 학교 이야기 등, 다양한 인생 이야기들이 술술 펼쳐진다. 먼저 인생을 산 선생님의 이야기를 통하여 나는 많은 깨우침을 얻으며 내 삶의 방향을 고민해 보기도 한다.

교사로 발걸음을 디딘 후 32년의 교직 생활에서 ㅊ선생님과의 인연은 나를 성숙하게 하고 세상 보는 눈을 넓히는 데 소중한 역할을 하였다. 선생님은 내 인생의 멘토였다.

작은 숲지기의 꿈

10.

첫 근무지에 대한 그리움, 섬마을 선생님

　1989년 3월 2일 ㄷ중학교에 첫 출근하여 정신없이 헤매고 있을 때 인자하게 보이는 선생님이 먼저 찾아와 인사를 하였다. 수학을 담당하는 ㄴ선생님이었다. 나는 당황하여 어쩔 줄 몰라 황송해하였다. 선생님은 자주 내 곁에 오셔서 경험이 부족한 나에게 참고가 될만한 이야기를 해 주셨다. 이렇게 선생님과의 인연은 시작되었다.

　ㄴ선생님과는 같은 학년을 맡으며 수학여행과 야영을 함께하기도 하고 연구회 활동도 함께하며 교감을 나누었다. 교육 현실의 어려움과 문제점에 대하여 이야기도 나누고, 반 운영과 학생들의 인권에 관해서 대화하기도 하였다.

선생님은 성격이 온화하여 화를 잘 내지 않았으며 학생들에게 싫은 소리 하지 않고 존중하였다. 그리하여 학생들에게 인기가 높았고 선생님의 친구들은 선생님을 "남스탈로찌"로 불렀는데, 나도 친구분들의 평가에 깊이 공감하였다. 나이가 어린 제자뻘 교사에게도 반말하지 않고 존대를 하고, 쉬는 시간에도 교재연구에 충실한 선생님다운 선생님이었다.

가끔 학년 회식이 끝나면 ㄴ선생님과 몇몇 선생님들이 노래방에 갔었는데 선생님의 18번 곡은 「섬마을 선생님」이었다. 선생님이 이 노래를 좋아하는 것은 첫 발령지가 남해였기 때문이라고 추측하였는데, 그때 선생님은 노랫말에서처럼 총각 선생님이었다. 나와 이야기하던 중 첫 발령지인 남해 시절의 이야기를 몇 번 한 적이 있다.

해당화 피고 지는 섬마을에
철새 따라 찾아온 총각 선생님
열아홉 살 섬 색시가 순정을 바쳐
사랑한 그 이름은 총각 선생님
서울엘랑 가지를 마오 가지 마오

평소 수줍은 모습 그대로 마이크를 잡고 「섬마을 선생님」을 부르는 선생님 마음은 남해로 달려갔을 것이다. 첫 근무지에 대한 그리움은 첫사랑 못지않게 강하다고 하는데, 아마 선생님도 그렇지 않을까 하는 생각을 하였다.

추억과 오늘 ●
선생님이 정년퇴임하는 조촐한 환송식 모임에서 나는 「섬마을 선생님」과 「작별」을 하모니카로 서툴게 연주하며 퇴임을 축하하였다. 선생님도 화답하는 의미로 눈을 지그시 감고 회상에 젖은 듯한 모습으로 「섬마을 선생님」을 멋지게 연주하며 퇴임을 마무리하였다.

11.

독서회 마음의 고향에 울린
대지의 항구

1999년 봄 네 명으로 시작한 「늘푸른 독서회」는 매주 토요일 오후 진주교대 운동장에 모여 다른 축구팀들과 어울려 축구를 하고 4시쯤, 운동이 끝나면 등나무 밑에서 토론을 하였다. 시간이 흘러 회원들이 늘어나 15명이 넘어서자 모임 할 곳이 마땅하지 않았다. 그래서 진주문고 여대표님께 말씀을 드렸더니 진주문고 1층에 있는 북카페를 사용하라고 허락해 주셨다.

그리하여 우리 독서회는 진주문고 북카페에서 독서모임을 진행하였는데, 북카페에는 우리 독서모임만 아니라 아내가 맡고 있던 초등부 독서모임도 함께 진행하였다. 초등

작은 숲지기의 꿈

부 독서모임은 우리가 상봉동에 살 때 아파트 안의 새마을문고 도서관에서 아내가 초등학생들에게 독서를 지도하며 시작하였는데, 우리가 평거동으로 이사를 하면서 모임 장소를 진주문고로 옮겨 진행하였다. 초등부 독서모임은 2주에 한 번 월요일에 진행하였고, 중등부는 몇 년 동안 매주 토요일 진행을 하다 진주문고로 장소를 옮기면서 2주에 한 번 수요일에 진행하였다. 고등부는 월 1회 토요일 저녁에 모임을 가졌다.

독서회를 진행하다 보니 회원들이 늘어나 중등부 회원만 20명이 훨씬 넘었다. 1층의 북카페에서 많은 학생들이 발표하고 토론을 하다 보니 목소리가 커지고 소란스러워 조용한 서점 안이 시끄럽게 되었다. 회원들에게 목소리를 낮추고 조용조용 발표하도록 이야기해도 잘 되지 않았다. 이러한 사정을 지켜보던 여대표님은 2층 남쪽에 있던 칼국수 집을 내보내고 거기에 제법 규모가 큰 북카페를 열었다. 그리고 북카페 안쪽에 토론할 수 있는 세미나실을 마련해 주어 오랫동안 그곳에서 독서회를 편안하게 할 수 있었다.

몇 년이 지나 진주문고의 서가 재배치 작업으로 북카페 자리에 3층에서 내려온 서가가 그 자리를 지켰다. 사장님은 2층의 모서리에 작은 공간을 마련하여 그곳에서 독서모임을 하도록 배려해 주셨다. 세월이 흘러 그곳이 직원들의 쉼터가 되자 건물 5층의 사장님이 이사하기 전 사용하던 집 거실에 테이블을 준비하여 독서모임을 할 수 있도록 공간을 마련해 주셔서, 우리는 그곳에서 독서모임은 물론 하룻밤 지새며 자유롭게 대화하고 토론하는 친교의 행사도 열었다.

학생들의 독서모임이 끝나면 다음 날 아침 여대표님이 직접 거실 청소를 하셨는데, 테이블 위에 남아 있는 지우개 가루가 사랑스럽게 보였다고 언젠가 나에게 말씀을 하셨다. 쓰고 지우며 토론하는 아이들의 모습을 상상하며 청소하셨다는 대표님의 말씀을 듣고 미안한 마음이 들었다. 독서모임이 끝나고 우리가 청소하지 못함에 대한 죄송함이었다.

건물 5층에 있는 주택을 개조하여 독서실로 만드는 계획 때문에 우리 독서회는 그동안 함께 독서활동을 하며 공동체를 이루었던 「벼리 독서회」와 함께, 우리 아파트 작은 상가를 빌려 「남가람독서두레학교」란 작은 독서학교로 독립하였다. 오랫동안 우리들의 보금자리였던 진주문고를 떠났지만, 그곳에서 독서모임을 하였던 우리 독서 회원들에게 진주문고는 마음의 고향이었다.

2020년 7월 진주문고 2층에 있는 「여서재」에서 하동 화개에 계시는 공상균 작가님의 책 「바람이 수를 놓는 마당에 시를 걸었다」의 북 토크가 있었다. 아들이 대학에 입학하고 난 뒤 늦은 나이에 대학에 입학하여 늦깎이 대학생이 된 작가님의 고뇌와 소소한 일상의 모습이 알차게 영글어 있는 책은 많은 독자들의 마음을 흔들어 놓았다.

북 토크에서 진행을 맡은 서예가 ㅇ선생은 진행 중간에, 작가님이 열일곱 나이에 직장 생활하던 부산에서 고향이 그리워 불렀다는 「대지의 항구」를 함께 노래하자고 제안하였다. 그래서 진행자와 참석자들은 손뼉을 치며 이 노래를 불렀다.

버들잎 외로운 이정표 밑에
말을 매는 나그네야 해가 졌느냐
쉬지 말고 쉬지를 말고 달빛에 길을 물어
꿈에 어리는 꿈에 어리는 항구 찾아 가거라

이 노래를 부르며 아직 부모님의 보살핌을 받아야 할 청소년기에 집을 떠나 낯선 객지에서 애절하게 고향을 그리워했을 작가님을 생각하며 마음이 짠했다. 이날 북 토크는 한 사람의 삶이 진정성과 어떻게 조화를 이루는가를 정직하게 보여준 소중하고 아름다운 시간이었다. 이처럼 아름답고 소중한 행사에는 항상 진주문고 여대표님이 계셨다.

추억과 오늘 ••
진주문고 여대표님은 어린이용 도서 앞에 아이들이 앉을 수 있는 의자를 갖다 놓았다. 그 이유는 "어릴 때 서점에서 책을 읽은 추억이 있어야 나중에 어른이 되어서도 책을 읽는다"는 것이었다. 그래서 의자에 앉아 책을 읽는 아이들의 모습이 많이 보였다. 그러다 보니 책이 파손되어 팔지 못하는 경우가 있는데도 대표님은 개의치 않으셨다.

우리 독서회가 진주문고를 떠나서도 대표님의 관심과 배려는 계속되었다. 서점을 다시 리모델링 하며 2층에 세미나실 2개를 만들어놓았으니 사용하면 된다고 하셨고, 「벼리 독서회」와 「늘푸른 독서회」연합캠프 때는 독서활동 강사를 보내 주기도 하였다. 지금도 진주문고 2층에 있는 「여서재」에서는 진주를 깨어 있는 문화도시로 만들기 위한 대표님의 신념이 집약된 인문학 강의와 진주 시내 학생들을 위한 독서토론, 그리고 작가들의 북 토크가 끊임없이 진행되어 진주의 품격을 높이고 있다.

12.
원시림의 잔잔한 울림, 실버들

ㄱ선생님을 처음 만난 건 1999년 여름, 논리논술 원격연수 중 진주방송통신대학에서 3일간 있었던 출석수업에서였다. 굵고 진한 눈썹에 웃음 머금은 건강한 모습이 ㄱ선생님의 첫인상이었다. 그 후 진양호 둘레의 산길을 걷다 선생님을 다시 만나면서 친밀해지고, 2005년 여름 백두산 탐방때 우리 가족과 선생님 가족이 백두산 천지를 온전히 보는행운을 누렸다. 이런 인연으로 두 가족이 자주 만나 지금까지 산행도 하고 국내여행, 해외여행을 함께하며 추억을 공유하고 있다.

ㄱ선생님은 성격이 낙천적이고 남의 말을 할 줄 모르는

분이셨다. 산행할 때 내가 이런저런 비판적인 이야기를 하면 "그렇나"하시며 웃어넘기셨다. 그리고 학구적이고 문화재에 관심이 많으셔서 산행 중 절에 들르게 되면, 탑의 구조와 돌에 새겨진 문양 그리고 그 의미까지 자세하게 설명해 주셨다. 젊은 시절에는 유홍준의 「나의 문화유산 답사기」를 들고 전국의 문화유산을 답사할 정도로 열성적이셨다는 말씀을 들었다. 경주를 함께 여행할 적에 선생님의 해박한 문화재 지식에 나는 무척 놀랐다. 그래서 농담 삼아 "퇴직하시고 문화 해설사를 하시면 되겠다"고 할 정도였다.

선생님은 보통 사람들이 지나치는 부분을 그냥 넘기지 않고 정확하게 관찰하고 분석하는 능력이 뛰어났다. 특히 읽은 책에 대해 나는 전혀 생각하지 못한 부분을 찾아내 분석하고 유추하셨다. 「창문 넘어 도망친 100세 노인」에서는 주인공 노인의 활약상을 코믹하게 전개하고 있는데, 이 책을 읽은 주위 사람들은 재미있고 유익하다고 하였는데, 이 책에 대한 선생님의 평은 냉정하였다. "아주 재미있는 소설이고 정말 재미있게 읽었어. 어찌 그리 기발한 구성을 하였을까? 그러나 아무리 픽션이라지만 개연성이 부족한 부분은 어떻게 이해해야 할지? 이렇게 되면 소설의 중량감은 떨어지게 되어있어. 그리고 세계사를 이렇게 흥미 위주로 재단해 놓으면 흥미가 사실을 가려 버리는 우를 범할 수 있어. 그것은 또 어떻게 할 것인가?"

선생님은 이처럼 작품의 흥미 이후의 부분까지 염려하는 세심함을 보여주기도 하였다. 그래서 가끔 "말씀하시는 부분을 글로 기록하면 좋은 글이 되겠습니다"하면 '허허' 하시고는 "그게 잘 안 돼"하셨다. 그리고 글의 객관성과 진실성의 중요함을 강조하셨다. 일본의 추리소설을 좋아하여 즐겨 읽는다고 하시며 가끔 일본 추리소설의 특징을 자세히 설명해 주기도 하셨다. 이러한 선생님의 학구열은 국어교사인 나를 부끄럽게 하였다.

몇 년 전 늦가을, 팔랑마을에서 지리산 바래봉을 올랐다 내려오는 길이었다. 등산객들의 발길이 뜸하여 원시림이나 다름이 없는 숲에는 단풍이 흩어지고 있었다. 숲을 스치는 약한 바람에 가지 끝에 가늘게 연명하고 있던 잎들이 하염없이 이별을 고하고 있었다. 선생님은 바위에 걸터앉아 흩날리는 잎들을 바라보고 계셨다. 부인인 ㅎ선생님으로부터 요즘 선생님이 포레스텔라가 다시 부른 「실버들」을 자주 들으며 가사 원작자가 누구인지 찾아보고 있다는 이야기를 듣고 나는 바로 휴대폰으로 「실버들」을 검색하여 버튼을 눌렀다. 삽상한 늦가을 바람이 가지 끝의 잎들을 간지럽히는 원시림 숲속에 희자매의 매력적인 목소리가 애틋하게 울렸다.

실버들을 천만사 늘여 놓고도

가는 봄을 잡지도 못한단 말인가
이내 몸이 아무리 아쉽다기로
돌아서는 님이야 어히 잡으랴
한갓되이 실버들 바람에 늙고
이내 몸은 시름에 혼자 여위네
가을바람에 풀벌레 슬피 울 때에
외로운 맘에 그대도 잠 못 이루리

 단풍 물든 원시림의 늦가을 정취마저 녹아들어 간 듯한 「실버들」을 선생님은 묵묵히 듣고 계셨다. 간간이 눈을 감기도 하시면서. 여전히 요상한 바람은 잎들의 이별을 재촉하고 있었다. 노래가 끝나자 선생님은 가늘게 웃으시며 "잘 들었다"하고 바위에서 일어섰다. 산길을 내려오며 이 노래의 가사가 한시 번역이라고 하기도 하고 김소월의 시라는 설도 있다고 말씀하셨다. 지리산 계곡을 스치는 늦가을 바람은 여전히 그들만의 이별을 재촉하고 있었다.

추억과 오늘 ·
나보다 나이가 한참 위인 선생님은 늘 큰형님처럼 나를 챙겨주셨다. 끊임없는 탐구심과 학구열은 젊은이 못지않아 학교 현장을 떠난 지 오랜 시간이 흘렀는데도 여전히 도서관을 찾아 향학열을 불태우고 계신다.

제7장

한 울타리 뜰을 서성이며

01.

아버지께 드리는
철 늦은 반성문, 부모

    결혼하고 아이들이 태어나 아비가 되니 부모님의 마음을 조금은 알 것 같았다. 주위 어른들이 "애를 낳아 키우며 마음고생 해 보아야 부모의 마음을 조금이나마 알 수 있을 것이다"하셨는데 그 말씀이 진리였다.

    고등학교에 입학하고 난 뒤, 주말에 집에 올라와 집안일을 거들다 일요일 늦은 오후에 읍내 자취방으로 내려갔는데, 이때 아버지께서 일주일 생활비로 500원을 주셨다. 그 시절에는 500원 종이 지폐가 있어 그 지폐 한 장으로 일주일 용돈이 마무리된 것이다. 아버지께는 생활비가 적다는 말을 못 하고 부엌에 있는 만만한 어머니께 1주일 생활비가 적다고 투덜거렸다. 그러면 어머니는 치마 속주머니에서 500원이나 1,000원을 손에 쥐여 주셨다. 그때는 아버지가 왜 그렇게 융통성 없이 생활비를 적게 주시는지 불만이 많았다.

우리 가족은 겨울철 점심때만 되면 밥국(고향에서는 '국시기'라고도 함)을 먹었다. 김장을 할 때 아예 밥국용 김치는 따로 담갔다. 억센 배추를 골라 고춧가루도 적게 넣고 담근 허연 김치를 단지에 가득 채워 보관하였다. 그리고 점심때면 이 김치로 밥국을 끓였는데, 말이 밥국이지 김치가 80%가 넘었다. 어릴 때는 그냥 주는 대로 먹었지만, 머리가 조금 커진 고등학생 때는 슬슬 반항감이 들었다. 어머니가 점심으로 밥국을 상위에 올려놓으면, 나는 숟가락으로 밥국을 휘휘 저으며 "쌀알은 보이지도 않네"하며 불만 섞인 태도로 말하였다. 그러면 아버지는 내 그릇을 아버지 그릇 가까이 가지고 가셔서 내 그릇의 김치를 건져 내고 아버지 그릇의 밥알을 내 그릇에 담아 주셨다.

어른이 되어 밥국을 먹을 때마다 철없던 그 시절이 생각나 몹시 부끄러웠고 부모님께 죄송한 마음에 목이 메었다. 그래서 어머니가 살아 계실 때 그 일을 고백한 적이 있다. 나의 철없던 행동을 말씀드리고 부모님께 참으로 죄송하다고 하였다. 그러자 어머니는 기억을 하고 있으면서도 나를 민망하게 하지 않으시려고 하시는지 "그런 일이 있었나"하셨다. 그리고 가난한 시절 우리 형제들을 배고프게 했다고 하면서 오히려 미안해 하셨다.

아버지를 생각하면 늘 미안하고 죄송한 마음이다. 내가 자식으로 부족함이 훨씬 더 많았던 세월이었다. 받기만 하고 드리지는 못하였다. 어머니는 여든둘에 세상을 떠나셨기에 그래도 자주 찾아뵐 수 있었지만, 아버지는 어머니보다 13년 먼저 돌아가셨기에 아쉽고 안타까운 마음이다. 자식들 때문에 고생하시던 아버지를 생각하면 김소월의 시에 서영은이 곡을 붙인 유주용의 「부모」가 마음 시리도록 다가온다.

낙엽이 우수수 떨어질 때 겨울의 기나긴 밤 어머님하고
둘이 앉아 옛이야기 들어라 나는 어쩌면 생겨 나와
이 이야기 듣는가 묻지도 말아라
내일 날에 내가 부모 되어서 알아보리라

「부모」는 아버지에 대한 애틋한 마음을 가지게 한다. 세월이 흘러 내가 아비가 되니 그때의 아버지를 이해할 수 있었다. 궁핍한 살림으로 네 명의 자식을 건사한다는 것이 쉽지 않았을 것이라는 사실을.

작은 숲지기의 꿈

추억과 오늘 •

겨울이면 가끔 어릴 적 먹던 밥국 생각이 나서 직접 밥국을 만들어 먹는다. 멸치 국물에 김치와 고구마나 감자, 그리고 찬밥이나 가래 떡을 넣고 끓이면 밥국이 된다. 추운 겨울 이 밥국 한 그릇 먹으면 온몸이 따뜻해지는데, 먹을 때마다 아버지의 모습이 떠올라 마음이 저린다.

1990년대 중반의 설날, 고향 부모님께 인사차 들렀던 고종사촌 형님이 설경 속에서 우리를 배웅하시는 아버지의 모습을 비디오에 담아 두었다가 오랜 세월이 흐른 뒤 나에게 메일로 보내 주었다. 골목길에서 눈을 맞으며 우리의 안전을 염려하는 모습이 촬영된 화면을 보니 잃었던 아버지를 되찾은 듯하여 감정이 요동쳤다.

02.

어머니의 지난(至難)한
여정을 위로한 모정의 세월

　2012년 칠월 중순, 어머니의 팔순 기념식을 외삼촌과 외숙모님 그리고 고모님과 가까운 친척들을 모시고 거창관광호텔 연회장에서 가졌다. 미국에서 동생과 조카가 귀국하여 가족이 다 모였다. 오랜만에 친척들이 모이니 음식을 드시는 것보다는 이야기하기를 좋아하셨다. 음식을 어느 정도 드시고 육촌 형님의 진행으로 행사를 시작하였는데, 마이크를 잡던 형님이 눈물을 흘리며 울먹였다. "그동안 당숙모님이 어떻게 살아오셨는지 옆에서 보아 알기 때문에 눈물이 난다"라고 하며 흐르는 눈물을 닦았다. 옆에 있던 우리 형제들의 눈시울도 함께 젖었다. 자식과 조카들이

작은 숲지기의 꿈

어머니께 절을 올리고 기념사진을 찍었다.

　어머니를 위로하는 노래잔치가 시작되었다. 먼저 창원의 고종사촌 형님이 구성진 가락으로 '비 내리는 고모령'을 선물해 드리고, 나는 아내와 함께 「모정의 세월」을 불렀다.

> 동지섣달 긴긴밤이 짧기만 한 것은
> 근심으로 지새우는 어머님 마음
> 흰머리 잔주름이 늘어만 가시는데
> 한없이 이어지는 모정의 세월
> 아-가지 많은 나무에 바람이 일어
> 어머님 가슴에 물결만 높네

「모정의 세월」을 부르는 중간중간 어머니의 지난(至難)한 삶이 오버랩 되어 눈물이 흘러내렸다. 나는 목이 메어 더 이상 노래를 부르지 못하고 나머지는 아내가 불렀다. 다른 형님들도 한 곡씩 노래를 선물 하고 있는데 외숙모님께서 나를 부르셨다. "이럴 때는 엄마를 업고 주위를 한 바퀴 돌아야 한다"고 귀띔해 주셨다. 그래서 쑥스러워하시는 어머니를 업고 형님들이 노래하는 그 주위를 몇 바퀴 돌았다. 어머니의 몸은 몹시 가벼웠다. 시간이 흐르고 노래와 대화로 이어진 어머니의 팔순 잔치는 아쉬움을 뒤로하고 마무리하였는데, 이렇게 귀중한 시간을 육촌 형님이 동영상으로 찍어 남겨두었다. 헤어짐이 섭섭한 형님들은 고향 마을로 자리를 옮겨 늦은 밤까지 분위기를 이어갔다.

나는 이 노래를 통하여 어머니께 감사의 마음을 전해 드리고 싶었다. 한 번 축하드린다고 켜켜이 쌓인 그 고단함과 아픔이 위로되지는 않을 것이다. 그러나 어머니의 삶을 잊지 않고 있다는 것을 표현하고 싶었다.

추억과 오늘 ······················

1996년 초겨울, 아버지가 거창 적십자병원에 입원을 하셨다. 토요일 오후 병원에 도착하니 아버지는 침대에 누워계시고 어머니는 초췌한 모습으로 병실 간이 의자에 앉아 계셨다. 아버지는 "나는 이제 괜찮으니 너그 엄마 뭣 좀 먹게 해라. 어젯밤부터 하나도 안 먹었다"라고 하셨다. 나는 잠시 서 있다 어머니를 모시고 시장 쪽으로 갔다. 가다 보니 낯익은 중국집이 보이길래 '짬뽕 드실래요?'하니 고개를 끄덕하셨다. 중국집 안으로 들어가 짬뽕을 시켜 드렸더니 어머니는 뜨거운 국물을 후후 불면서 맛있게 드셨다. 순간 "이렇게 어머니께 음식을 대접해 드릴 수 있는 시간이 얼마나 더 있을까?"하는 생각이 들었다. 눈물이 핑 돌아 고개를 돌리니 창밖에는 초겨울의 눈발이 흩날리고 있었다.

2009년 8월 하순, 경상국립대학교 국제어학원 강당에서 후기 학위수여식이 있었다. 어쭙잖지만 머리가 하얗게 새어 가며 애달프게 준비한 논문으로 박사학위를 받았다. 학위수여식이 끝나고 기념

사진을 찍으려는데 어머니가 보이지 않았다. 어머니를 찾으니 강당 입구 구석진 곳에서 눈물을 훔치고 계셨다. 내가 다가서자 내 손을 붙들고 "네 아버지가 살아있다면 얼마나 좋아했을까"하시면서 연신 눈물을 닦으셨다. 순간 나도 눈물이 핑 돌았다. 점심식사 후 어머니를 모시고 사진관으로 가서 기념 가족사진을 찍었다. 그리고 어머니 영정 사진도 찍어 드렸더니 어머니는 좋아하셨다. 그 영정 사진으로 어머니의 마지막 먼 길을 배웅해 드렸다.

03.
누님의 따뜻한 마음을 간직한 과꽃

　우리 집은 남자만 4형제였다. 남자 형제들끼리만 부대끼다 보니 어릴 때부터 누나가 있었으면 하는 바람이 있었다. 그래서 어머니께 장난삼아 "왜 딸 한 명 낳지 않았느냐"고 하니까 어머니는 "아들만 있어도 괜찮다. 딸 있는 집 부럽지 않다"고 하셨다. 그러나 아버지가 병원에 자주 입원하시다 보니 하루는 병실에서 "딸이 한 명 있었으면 좋았겠는데" 하시며 본마음을 드러내셨다.

　병실의 다른 환자 가족을 보니 아들은 병문안 와서 쭈뼛거리며 서 있다 그냥 가는데, 딸은 밤새도록 입원한 부모를 안쓰러워하며 간호하였다. 이런 모습을 보시고 어머니는

　　　　　　　　작은 숲지기의 꿈

그런 말씀을 하신 것 같았다. 물론 내가 자식으로서 아버지의 병간호에 정성을 다하지 않음에 대한 서운함도 담겨있었을 것이다.

우리 집에는 누나가 없다 보니 어릴 때부터 큰 집의 사촌누나를 친 누나처럼 따랐다. 명절이면 사촌 누나가 빨리 오기를 기다렸고, 이런 우리 형제의 기다림에 응답하듯 누나는 명절에 고향 올 때 그 당시 큰 선물인 오리온 과자 세트를 선물해 주기도 하였다. 명절이 아닌데도 누나가 큰집에 왔다는 소식을 들으면 한걸음에 달려가 누나를 만났다.

초등학교 시절, 낮으로 나무를 깎아 만든 방망이와 고무공으로 놀이하는 야구가 한창 인기가 있었다. 아침 등교 후 야구를 위한 운동장 확보를 위해 새벽부터 학교 운동장으로 달려가 선을 그어 놓고 집으로 온 적이 많았다. 그 시절 나는 이야기로만 듣던 가죽으로 된 야구장갑을 가지고 싶었다. 마침 대구에 볼일이 있어 나가시는 아버지께 야구장갑 하나 사달라고 졸랐다. 고모님 댁에 가신 아버지는 마침 사촌 누나가 고모 집에 와 있기에 가격이나 알아보려고 야구장갑 파는 곳이 어딘지 물었는데, 누나가 잠시 기다리라 하고는 운동구 점에 가서 야구장갑 2개를 사와 우리 형제에게 선물로 주었다. 나와 동생은 세상을 다 가진 것처럼 기뻤다.

우리는 이 야구장갑으로 해가 져 어두워질 때까지 학교

운동장에서 새마을 야구를 하였다. 그동안 우리는 맨손이나 비닐포대로 엉성하게 야구장갑을 만들어 사용하였는데, 가죽으로 된 야구장갑은 그야말로 인기가 좋아 서로 사용하려고 동네 아이들은 나와 내 동생의 눈치를 살폈다. 누나 덕분에 우리 형제는 야구를 할 때마다 갑의 위치에 있었지만, 갑질은 하지 않았다.

올해도 과꽃이 피었습니다.
꽃밭 가득 예쁘게 피었습니다.
누나는 과꽃을 좋아했지요.
꽃이 피면 꽃밭에서 아주 살았죠.

「과꽃」은 감수성이 깊고 문학적 소양이 있던 사촌 누나를 생각나게 하는 노래이다. 고향에 대한 그리움이 아직도 그대로라는 누나는 벌써 일흔이 되었다. 오래전 감당하기 어려운 무서운 병을 얻었으나 의지와 신앙으로 이겨내고 지금도 여전히 직업 전선에서 분투하고 있다.

추억과 오늘 ·······································
나에게는 사촌 누님이 두 분 계신다. 큰 누님은 내가 어릴 때 삼천포로 시집을 가셨다. 속이 깊고 재주가 많은 큰 누님은 큰집의 살림을 도맡았다. 어린 시절 큰집에 들르면 감나무에 직접 올라가 감도 따

작은 숲지기의 꿈

주고, 할아버지 드리려고 한약재를 넣고 삶아 두었던 닭고기를 떼어 입에 넣어 주기도 하였다. 이처럼 큰 누님은 정이 많고 어린 사촌 동생들을 잘 챙겼다. 아버지는 "삼천포 큰애는 영리하고 재주가 많아 공부만 제대로 시켰으면 큰 인물이 되었을 것이다."고 몇 번 말씀 하셨다.

04.

정착하지 못한 삶의 안타까움, 하숙생

　큰형은 나보다 다섯 살 위다. 네 형제의 맏이로 태어나 책임감이 강하여 동생들을 잘 보살폈다. 큰형이 초등학교 다니던 때는 학생들이 많아 한 학년이 두 반이나 되었다. 그 시절 고향에는 중학교가 없어 읍내에 있는 중학교에 시험과정을 거쳐 진학하였다. 그래서 초등학교 6학년 중 중학교 진학 희망자는 시험준비를 위해 학교에서 밤늦게까지 공부를 시켰다. 시험이 가까워지자 학교에서 집이 먼 형의 친구 5-6명이 우리 집에 함께 생활하며 밤늦게까지 공부하였다. 공부를 잘 했던 큰형은 친구들과 함께 중학교 진학을 준비했으나 집안 형편도 어렵고 줄줄이 딸린 동생이 많아 읍내 중학교 진학을 포기하였다. 중학교 진학을 포기한 큰형은 많이 힘들어했다. 중학교에 진학하기 위해서는 읍내에 방을 얻고 학비를 내야 하는데 산골 마을에서 그 비용을 마련하기 쉽지 않았다. 큰형의 초등학교 동기들은 120명이 넘었는데 읍내 중학교에 진학한 동기들은 아주 소수였다. 그것도 남학생들이 대부분이었다.

초등학교 졸업 후 집에서 부모님을 도우던 큰형은 그해 여름 인천에 계신 큰아버지를 따라 인천으로 갔다. 큰형을 인천으로 보내고 난 아버지는 점심도 드시지 않고 하염없이 눈물만 흘리셨다. 큰형은 어린 나이에 시작한 인천 생활이 참으로 힘든 세월이었다고 나중에 회고하였다. 그리고 많은 세월이 흘렀고 그사이 많은 일이 있었다. 처음 출발이 어려우니 나중의 일들도 쉽게 풀리지 않았다.

1980년대 후반 고향에서 집안 모임이 있었다. 모임을 마치고 지금은 고인이 된 육촌 형님댁으로 갔다. 그 형님댁에는 전축에 마이크가 딸려 있어 노래를 부를 수 있었는데, 어느 정도 술이 거나해진 집안사람들은 돌아가며 노래를 불렀다. 큰형도 술기운이 어느 정도 작동하여 노래를 불렀는데 나는 큰형이 노래 부르는 것을 처음 들었다. 그런데 가만히 들어보니 최희준의 「하숙생」을 개사한 노래였다.

인생은 나이롱뺑 어디서 땄다가 어디서 잃느냐

재물이 흘러가듯 떠돌다 가는 돈에
미련일랑 두지 말자 욕심도 두지 말자
인생은 나이롱뻥 돈이 흘러가듯
정처 없이 흘러서 간다

어린 나이에 한 곳에 정착하지 못하고 객지를 떠돌다 익혔을 법한 개사 노래에는 큰형의 삶이 그대로 담겨있는 듯하였다. 많은 사람들이 돈을 인생의 최고 목표로 추구하듯 큰형도 어린 시절 혹독하게 경험한 가난에서 벗어나기 위해 몸부림쳤다. 이러한 과정에서 이리저리 부대끼며 살아온 지난날 자신의 삶을 이 노래를 통해 들려준 것이 아닌가 하고 생각하였다. 이 노래를 들으며 동생들 때문에 희생해야 했던 큰형의 삶이 애처로워 나의 마음은 아픔과 미안함이 혼재하는 슬픔을 겪어야 했다.

추억과 오늘 ·
큰형은 아버지가 세상을 떠나고 난 뒤 고향으로 돌아와 사과 농사를 시작하였다. 경험 없이 사과를 재배하다 보니 처음에는 시행착오를 겪었으나, 차츰 이를 극복하고 지금은 제법 규모가 큰 사과 농장을 경영하고 있다. 그리고 농사일로 바쁜 와중에도 과학 영농을 위해 사과 대학에 다니는 높은 향학열을 보이며 어린 시절 이루지 못하였던 배움의 열정을 불태우고 있다.

작은 숲지기의 꿈

05.

고국에 대한 그리움, 그리운 금강산

　나하고 세 살 터울인 동생은 막내라 부모님의 사랑을 독차지하고 형들에게도 귀여움을 받았다. 아버지는 동생이 아주 어릴 적에 밭에 데리고 가면 토끼에게 준다며 풀을 뽑아 아버지 손에 쥐어 주었다는 이야기를 흐뭇해하며 자주 하셨다.

　동생은 초등학교 저학년 때부터 1년에 한 번 정도 다리가 움츠려지는 병으로 고통을 받았다. 부모님은 이러한 동생을 업고 읍내의 한의원과 병원을 다니며 약으로 치료를 하였는데, 치료를 어느 정도 받으면 괜찮다가 1년 정도 지나면 다시 그 증상이 나타났다. 동생은 몸이 좋지 않을 때는 운동을 하지 않다가 몸이 조금 나아지면 언제 아팠냐는 듯

부모님의 걱정을 뒤로하고 평소처럼 활달하게 행동하였다.

　이러한 증상이 되풀이되자 동생이 중1 되던 봄, 아버지는 병원비를 마련하여 대구에 있는 외과 병원으로 데리고 가 진찰을 받았다. 진찰 결과 허벅지 뼈에 고름이 차 있어 이러한 증상이 나타난다는 진단을 받고 큰 수술을 받았다. 수술 후 다시는 그런 증상이 나타나지 않았다. 동생은 비로소 지긋지긋한 그 아픔에서 벗어난 것이다.

　수술 후 조심하라는 부모님의 권유와 걱정에도 아랑곳하지 않고 동생은 자유롭게 활동을 하였다. 축구를 할 때는 지칠 줄 모르고 운동장을 누볐고, 물놀이하며 헤엄치기 시합을 할 때도 남들에게 지지 않기 위해 온 힘을 다하였다. 그리고 상대가 누구든 이치에 어긋난다고 생각될 때는 고분고분하지 않았다. 언젠가는 또래들과 어울려 놀다 어떤 일로 그랬는지는 모르지만, 동생보다 한 살 많은 쌍둥이 형제들과 싸웠다. 동생 친구들이 나에게 달려와 말려 달라고 하기에 싸우는 곳으로 뛰어가 보니 두 아이와 싸우면서도 그들의 기세에 눌리지 않고 있었다.

　이처럼 강단도 있지만 섬세하고 감상적인 면이 있어 단상을 글로 쓰거나 간단한 그림을 그리는 여유를 가지기도 하였다. 고등학생이 된 동생은 내가 통영에 있을 때 그림을 그리고 그 옆에 나의 안부를 묻는 엽서를 보내왔다. 먼 남쪽 바닷가에서 받은 동생의 엽서에는 형에 대한 따뜻한 마음이 담겨있었다.

　　　　　　　　　　　　작은 숲지기의 꿈

1988년 3월 초, 군 복무를 마친 동생이 출국하였다. 태평양 건너 먼 나라에 근무하게 되어 떠나게 된 것이다. 아버지는 작은 관광버스를 대절하여 가까운 친척과 함께 김포공항으로 가서 동생을 배웅하였다. 출국장에서 뒤를 돌아보며 손을 흔들고 들어가는 동생을 보니 눈물이 왈칵 쏟아졌다. 나는 흐르는 눈물을 주위 분들께 보이기 민망하여 화장실로 가서 눈을 씻었다.

　　어머니는 공항을 출발하여 독립기념관에 도착할 때까지 창밖만 바라보며 하염없이 눈물을 흘리셨다. 바로 위의 형이 죽었을 때도 우리 형제에게 눈물을 보이지 않던 어머니가 막내를 먼 이국땅에 보낼 때는 눈물을 멈추지 못하셨다. 독립기념관을 출발하여 대전을 거쳐 김천에 올 때까지도. 어머니께 막내는 너무 손이 아픈 자식이었다. 오랜 세월 켜켜이 쌓아두었던 슬픔과 아픔의 눈물 둑이 동생이 출국하는 날 어머니의 의지로는 막을 수 없을 정도로 터져 버린 것 같았다.

　　동생이 미국으로 출국하기 전, 구미에서 직장을 다니던 동생의 친구가 미국에 가면 들으라고 우리 가요 몇 곡과 가곡 몇 곡을 테이프에 녹음하여 선물로 주었다. 그 테이프를 출국하기 전에 동생과 함께 들었는데, 그 속에 우리 가곡「그리운 금강산」이 담겨있었다. 그 가곡을 듣는데 마음이 짠하였다. 나는 동생이 출국 준비를 할 때 그 테이프를 가방 속에 잘 넣어 주었다.

누구의 주제런가 맑고 고운 산
그리운 만 이천 봉 말은 없어도
이제야 자유 만민 옷깃 여미며
그 이름 다시 부를 우리 금강산

몇 년 전, 어느 방송 프로그램에서 우리 국민이 가장 좋아하는 가곡을 청취자 참여 게시판을 통하여 선정하였는데, 그때 청취자들이 가장 많이 선정한 곡이 「그리운 금강산」이었다. 동생은 먼 타국에서 이 노래를 수 없이 많이 들었다고 하였다. 비록 분단되어 있지만 금강산은 우리 한반도의 아름다운 산이자 그리운 산 아닌가? 먼 이국땅에서는 고국 어딘들 그립지 않으랴! 가곡 「그리운 금강산」은 그렇게 내 마음에 간직된 또 하나의 노래가 되었다. 이 노래에는 어머니의 눈물, 그리고 동생에 대한 그리움이 담겨있다.

추억과 오늘 •
동생은 친구들 간에 의리를 중요하게 여겨 외국에 살면서도 우정을 지키기 위해 많은 노력을 기울인다. 가끔 귀국하면 친구들과 보내는 시간이 많아 늘 시간에 쫓긴다. 예순을 넘긴 지금도 타국에서 일군 사업에 온 열정을 쏟으며 고군분투하고 있다. 얼마 전에는 손주를 보았는데 그 기쁨을 나와 공유하고 있다.

작은 숲지기의 꿈

06.

아내의 마음에 담긴 그리움, 사랑

아버지는 나와 아내의 교제를 반대하셨다. 아내가 두 살 위라는 이유 하나 때문이었다. 그러나 어머니의 끈질긴 설득으로 마음이 조금씩 움직이기 시작하였다. 어머니는 나의 나이와 고집을 들어 아버지를 설득했다고 하셨다. "서른 가까운 나이고 소띠라 어릴 때부터 고집이 센 아이인데 어찌 이기려 하느냐"며 말씀하시고 "저 아이 성격에 아무나 우리한테 말하지도 않을 터이니 사람이라도 만나보면 어떠냐고"하셨다고. 나중에 어머니께 들은 사실이다.

1987년 늦가을, 아버지는 아내를 고향집으로 한번 데려오라고 차갑게 말씀하시고 전화를 끊었다. 그 주 토요일 오전에 나는 아내와 함께 부모님을 만나기 위해 고향집으로 갔다. 나의 고향을 처음 방문하는 아내는 몹시 당황하는 것 같았다. 읍내에서 고향으로 들어가는 완행버스를 타고 꼬불꼬불하고 울퉁불퉁한 비포장 길을 달려 고향이 가까워질수록 표정이 점점 굳어졌다. 산골의 풍광은 봄부터 가을까지는 좋은데 잎이 지는 늦가을과 겨울은 황량하기 그지없다. 낙엽 흩날리는 스산한 분위기의 고향집은 아버지의 마음만큼 쌀쌀하고 흐렸다.

어머니는 아내를 반갑게 맞이하셨지만, 아버지는 점심 식사가 끝나고 우리가 집을 떠날 때까지 한마디 말씀도 안 하셨다. 읍내로 가는 완행버스를 타며 아내는 창백한 얼굴로 "부모님이 반대하시면 우리 만나지 말아요"라고 선언하였다. 나는 아내가 그렇게까지 이야기할 줄 몰랐기에 많이 당황하였다.

다음 날 아침 일찍, 아버지는 전화로 간단하게 한마디 하셨다. "아가씨 어머님을 만나고 싶다고 연락해라" 그리고 내가 큰처남을 만나 허락을 받은 뒤, 우리 부모님과 형님, 고모부 내외분, 장모님과 큰처남이 그해 초겨울 대구 두류공원 앞 '만년식당'에서 상견례를 하였다. 저녁 식사 후 많은 이야기를 나누다 헤어지면서 아버지는 예비 며느리의 손을 잡고 호주머니에 보관하시던 작은 호두 알 두 개를 쥐어주며 처음으로 웃었다. 그리고 1989년 2월, 결혼식을 마치고 폐백을 할 때 아버지는 흐뭇한 미소를 지으며 아내를 우리 집안 어른들께 소개하셨다.

나이가 많다는 이유로 처음에는 냉대를 받았지만, 아내는 그 섭섭함을 내색하지 않고 부모님께 극진하였다. 그리고 밝은 성격으로 집안의 분위기를 잘 이끌었다. 어린 시절부터 신앙을 가진 아내는 중학교 시절부터 존경했던 성악 전공의 음악 선생님 영향을 받아 가곡 애호가이다. 아내는 나와 함께 KBS FM클레식 저녁 방송인 「세상의 모든 음악」을 매일 듣는데, 그 프로그램에서 언젠가 「사랑」이 방송된 적이 있다. 이때 아내는 "저 노래를 중학교 시절 음악 선생님이 불러 주셨는데 그때 정말 감동적이어서 눈물이 났다"라고 하며 따라 불렀다.

탈대로 다 타시오 타다말진 부디마소
타고 다시 타서 재 될 법은 하거니와
타다가 남은 동강은 쓸 곳이 없느니다

이은상 시 홍난파 곡으로 엄정행이 부른 이 노래를 들으면 마음 숙연함과 함께 깊은 의미가 담긴 가사에 빠져든다. 이 노래를 불러준 선생님을 생각하며 함께 노래하는 아내를 지켜보며 노래는 사람을 행복하게 하고 그리움을 불러일으킨다는 사실을 실감하였다.

추억과 오늘 ·

병환이 깊어지자 아버지는 우리 집에 오셔서 며칠 지내셨다. 그때
아버지는 아내에게 "너희 집에서 눈을 감고 싶다"고 하셨다. 아내는
지금도 아버지께서 주신 그 호두알을 작은 지갑에 넣어 소중하게
잘 간직하고 있다. 가끔 지갑을 열어 나에게 보여주는데 36년의 긴
세월이 흘렀는데도 처음 아버지께 받았을 때와 똑같이 그대로였다.

작은 숲지기의 꿈

07.

딸의 고교 시절 끼 자랑, 열정

1990년 3월 하순 딸아이가 세상에 태어났다. 그날 대학 병원 산부인과에는 나와 장모님, 큰처남이 아내 곁을 지키고 있었다. 심한 진통 속에 오전에 감격적 만남이 있을 것 같았던 딸아이는 오후에 엄마의 품에 안겼다. 딸아이와의 첫 만남은 너무 감동적이어서 마음이 뭉클하였다. 딸을 만나러 신생아실에 들어가니 담당 의사가 "애기가 눈이 새카맣고 똘망똘망해요"하였다. 간호사에 안긴 딸아이는 눈을 크게 뜨고 배내옷의 손가락 부분을 빨고 있었다. 의사의 말처럼 눈이 새카맣고 얼굴이 동그랬다. 나는 신기함과 함께 감격에 겨워 한동안 손을 흔들며 쳐다보았다. 아이는 나의 존재를 아는지 모르는지 그냥 빤히 쳐다보는 듯하였다. 나와 딸 아이의 첫 만남이었다.

아버지는 손녀가 태어났다는 소식을 듣고 몹시 섭섭해하셨다. 형님이 딸 둘만 있어 은근히 손주를 기대하셨는데 손녀가 태어났으니 아쉬워하신 것 같았다. 어머니는 아이가 신생아실에서 집으로 오는 날 한약재를 준비해 진주로 나오셔서 딸아이를 안고 기뻐하셨지만, 아버지는 딸 아이의 백일 날 진주에 오셨다.

장모님은 아내가 몸조리하는 3주 동안 정성껏 아내와 딸아이를 보살펴 주시다 개나리가 만개할 무렵 대구로 돌아가셨는데, 아내는 찻길까지 나와 울면서 장모님을 배웅하였다. 그때 상봉동 우촌 화실 언덕에는 노란 개나리가 만개하여 봄의 절정을 알리고 있었다.

아이의 성격은 수월하였는데 먹는 것에는 욕심이 없었다. 모유 수유와 우유 먹이기를 병행하였는데 젖병을 물리면 1/3정도만 먹고 혀로 젖병을 밀어냈다. 조금 있다 다시 젖병을 흔들어 물려도 조금 먹다 다시 그러기에 아내는 아이에게 우유 먹이는데 애먹었다. 밤에는 잠도 쉽게 자지 않아 우리 부부의 애를 태웠다. 등에 업고 가사도 잘 모르는 자장가를 몇십 번 불러주면 가만히 등에 엎드리기에 자는 줄 알고 요에 살짝 눕혀 놓으면 금방 눈을 뜨고 나를 올려다보았다. 그러면 다시 재우기를 반복하여 잠을 재웠다.

작은 숲지기의 꿈

유년기에는 간혹 아프기도 하여 우리 부부를 걱정하게 할 때도 있었지만 그래도 무난하게 잘 자라 주었다. 동생이 태어나도 질투하지 않고 원만한 성격으로 친구들과 사이좋게 지냈다. 자신을 잘 내세우지도 않고 스스로 할 일을 하며 사춘기 갈등도 없이 청소년기를 무난히 보냈다. 때로는 학교에서 돌아와 아무 말 없이 불쑥 상장을 내밀어 나를 놀라게 할 때도 있었다.

수능이 끝나고 며칠 후, 동문 선배님들의 행사에서 친구 몇 명과 함께 노래하고 춤을 추기로 했다며 집에서 연습하였다. 그 행사에서 부를 노래가 혜은이의 「열정」이라고 하면서.

안개 속에서 나는 울었어 외로워서 한참을 울었어
사랑하고 싶어서 사랑받고 싶어서
만나서 차 마시는 그런 사랑 아니야 전화로 애기하는
그런 사랑 아니야 웃으며 안녕하는 그런 사랑 아니야
가슴 터질 듯 열망하는 사랑
사랑 때문에 목숨 거는 사랑
같이 있지 못하면 참을 수 없고
보고 싶을 때 못 보면 눈멀고 마는
활화산처럼 터져 오르는 그런 사랑 그런 사랑

딸아이는 이 노래를 언제 배웠는지 밤이 늦도록 방에서 춤추는 연습을 하였다. 행사하는 날 아침에는 이 옷 저 옷 만지작거리더니 그중 조금 화려한 옷을 챙겨 들고 등교하였다. 저녁때가 되어 집으로 왔기에 학교에서 어떻게 하였는지 궁금하여 물어보았더니, 즐겁게 노래하고 후회 없이 잘 추었다고 하였다. 연세 드신 선배님들이 흥겨워하고 즐거워하였다는 이야기와 함께 칭찬도 듣고 격려금도 받았다고 하며.

이처럼 「열정」은 딸아이가 고교 시절을 마무리하며 아름다운 추억을 만든 노래이다. 열정적으로 노래하고 춤추며 만든 소중한 추억이기에 먼 훗날 다시 돌아가고픈 그리움의 한 페이지를 만든 것이리라.

추억과 오늘 ···

손녀라 섭섭해하시던 아버지는 딸아이의 백일잔치 때 손녀를 보시고 좋아하셨다. 딸을 안고 사진도 찍고 보행기에 태워 밀어주기도 하셨다. 우리가 여름방학 때 고향집에서 하룻밤 지내고 진주로 나온 후, 아버지는 우리가 머물렀던 아랫방 문을 몇 번 열어보시면서 손녀의 모습이 눈에 선하다고 어머니께 말씀하셨는데, 이 사실은 나중에 어머니가 나에게 이야기해 주셨다. 그 뒤에는 자주 전화를 하여 손녀가 잘 지내는지 묻곤 하셨다.

딸아이가 7개월 되던 10월 진주의 유서 깊은 개천 예술제가 열렸다.

작은 숲지기의 꿈

우리 부부는 예술제가 열리는 첫날 저녁에 딸아이를 안고 진주성으로 갔는데, 진주성은 그야말로 인산인해였다. 그때 갑자기 펑 하는 소리가 들렸다. 그 소리에 놀라 딸아이는 앙증맞은 작은 손으로 내 목을 꼭 끌어안았다. 나는 내 목을 감싸고 있는 아이를 달래며 안심시켰는데, 그 소리는 불꽃놀이 폭죽 터지는 소리였다. 그 후 예술제 행사 불꽃놀이가 시작되면 내 목을 감싸던 아이의 모습을 떠올리며 다시는 돌아갈 수 없는 그 시절을 회상한다.

08.

아들의 기분 풀이 즐거움, 하하하 쏭

딸아이의 첫돌이 지나고 한참 뒤 아내가 둘째를 가졌다. 정기적으로 산부인과에 다니며 검진을 받았는데, 어느 날 퇴근을 하니 아내가 시무룩한 얼굴로 "오늘 병원에 다녀왔는데 둘째도 딸이라 해요"하였다. 무슨 이야기인지 들어보니 사정은 이러했다.

산부인과에서 정기 검진을 하며 초음파로 아이의 건강 상태를 확인하니 아이는 건강하게 잘 자라고 있다고 하였다. 그런데 원장선생님은 아내가 묻지도 않았는데 "이집 위에도 딸이제? 둘째도 딸이네"하더라는 것이었다. 그래서 아내는 둘째도 딸이라 생각하고 무거운 마음으로 집으로

　　　　　　　　　　　　　　　작은 숲지기의 꿈

돌아와 시무룩하게 있었던 것이다. 나도 아내의 이야기를 듣고 마음이 무거웠다.

첫 딸이 태어나고 아버지께 전화를 드렸을 때 손녀라 섭섭해하셨다. 그래서 "다음번에는 아들을 낳으면 되지 않겠습니까?"하였는데, 그 약속을 지키지 못하게 되었다는 생각이 들자 미안한 마음이 들었다. 그래서 다음날 수업이 비어 있는 시간에 잠시 외출을 받아 아내와 함께 산부인과로 갔다. 원장선생님은 "내 말을 그렇게 믿지 못해 신랑까지 데리고 왔느냐"며 버럭 화를 내었다. 그래도 직접 듣고 싶어 왔다고 하였더니 다시 초음파를 해 보고 "어제 이야기와 같다"고 하기에 우리 부부는 무거운 발걸음으로 돌아왔다.

아내는 중학교 은사님 부군께서 대구에서 산부인과 병원을 하시니 선생님께 연락해 보겠다고 하더니 전화를 드렸다. 선생님은 반가워하시며 내일이라도 바로 오라고 하셔서 다음날 일찍 대구로 갔다. 대구 병원에 도착하여 검진을 받은 아내는 바로 나에게 전화를 하였다. "선생님께서 걱정하지 말고 건강관리를 잘 하라고 하셨다"고. 나는 뛸 듯이 기뻤다. 아내도 밝은 얼굴로 집으로 돌아왔다.

이런 사연을 겪은 둘째는 1992년 7월 대구 파티마 병원에서 태어났다. 둘째와의 첫 만남은 장모님과 큰처남 그리고 처남댁과 함께였다. 큰 눈을 감고 간호사의 품에 안겨 있는 둘째의 모습을 보고 나도 기뻤지만, 제일 기쁜 표정을 지은 분은 장모님이셨다. 출가한 딸이 지고 있던 짐을 이제는 내려놓아도 된다는 안도의 기쁨이자 대견함 때문이었을 것으로 생각된다.

손주의 출생 소식을 들은 아버지는 더운 여름인데도 다음 날 바로 병원으로 오셔서 손주를 보시고 아내에게 고생했다는 말씀을 하고 가셨다. 큰처남과 처남댁은 한 달 동안 친정에서 몸조리하는 아내를 정성껏 보살펴 주었다.

아들은 어릴 때부터 두 살 많은 누나를 따라 다니며 잘 놀았다. 특히 책 읽기와 그림 그리기를 좋아하여 신문이나 연습장이 있으면 보이는 대로 그림을 그렸다. 처음에는 외계인처럼 그리더니 시간이 지나면서 사람의 모습을 갖춘 그림을 그렸다. 성격이 활달한 누나와 달리 아들은 성격이 섬세하여 그림을 그릴 때도 꼼꼼하게 그렸다.

세 살 때의 더운 여름날, 딸아이가 다니던 YMCA유치원에서 체육 공개수업이 있었다. 그 체육 수업에서 누나가 앞으로 나와 운동을 하니 어린 둘째가 시키지도 않았는데 뛰어나가 운동을 따라 하여 주위를 웃겼다고 한다. 조용한 아이가 운동할 때는 또 다른 모습을 보여준 적이 몇 번 있었다.

아들이 중 1 여름방학 때, ㄱ선생님 가족과 순두류에서 지리산 천왕봉을 올랐다. 여름이라 날씨가 몹시 더웠는데 아들이 힘들어하였다. 가다가 중간중간 얼마쯤 가면 되느냐고 묻길래 몇 번을 응답하다 또 같은 질문을 하기에, 조금만 참으면 되는데 왜 자꾸 묻느냐고 꾸중을 하였더니 조금 있다가 보니 아이가 보이지 않았다. 나는 화가 나서 산 아래로 내려간 줄 알고 걱정을 하였다. 혼자 내려갈 정도의 생각은 안 할 줄 알았지만 그래도 혹시나 하는 생각에서. 한편으로는 먼저 올라갔을지 모른다는 생각이 들기도 하였다. 그래서 내려오는 등산객들에게 "이런 차림의 학생이 올라 가더냐"고 물어보기도 했는데, 대부분 산을 오르는 사람들이 많아 잘 모르겠다고 하였다. 우리 일행은 있는 힘을 다하여 천왕봉을 올랐다. 정상에는 안개가 가득 끼어 사람들이 희미하게 보였는데 정상 표지석 옆에 아이가 앉아 있는 것이 아닌가? 나는 안도하였다. ㄱ선생님은 "봐라 내가 정상에 먼저 가 있을 것이라 말하지 않았나"하며 반가워하셨다. 우리 일행은 즐거운 마음으로 기념사진도 찍었다. 그리고 바람을 막아주는 곳을 찾아 준비해 간 도시락으로 점심 식사를 하였다. 아들은 내려올 때는 아무 말 없이 묵묵히 잘 내려왔다. 간혹 누나에게 이것저것 묻기도 하면서 올라올 때와는 다르게 기분이 좋아 보였다.

진주에 도착하여 아이들의 바람대로 저녁 식사를 하고 노래방까지 진출하였는데, 우리 집 아이 두 명, ㄱ선생님댁 아이 한 명, 세 명의 아이들은 마이크를 잡더니 방방 뛰며 신나게 놀았다. 나는 옆에서 탬버린을 치며 분위기를 북돋워 주었는데, 그때 아들이 불렀던 노래가 자우림의 「하하하 쏭」이었다.

> 모든 게 그대를 우울하게 만드는 날이면
> 이 노래를 불러보게 아직은 가슴에 불꽃이 남은 그대여
> 지지 말고 싸워주게 hey, hey, hey, hey
> 라라라라라 마음에 가득히 꽃 피우고
> 라라라라라라라라라 친구여 마음껏 웃어보게
> 하 하하 하하 하 하하 하하

누나들과 어울려 신나게 노래 부르는 아들을 보며 저런 노래는 언제 배웠을까 하는 생각이 들어 자주 오지는 못 하지만, 그래도 가끔은 노래방에 와서 기분을 풀어주어야겠다는 생각을 하였다. 노래방을 끝으로 유쾌하게 하루를 마무리하였다. 집으로 돌아오며 아들에게 넌지시 물었다. 천왕봉 오르는 길이 힘들지 않았냐고? 그랬더니 녀석은 그냥 씩 웃기만 할 뿐 나의 물음에 답하지 않았다.

추억과 오늘 ·······················
어릴 때부터 종이만 보면 무작정 그림만 그려대던 아들은 중학교 때부터 미술을 하고 싶다고 졸랐으나, 나의 반대로 그림 공부를 하지 못하고 고등학교 때부터 시작하였다. 다른 미대 지망생들보다

늦게 시작하였기에 학교 보충수업도 생략하고 미술학원에서 늦은 밤까지 강행군하였다. 힘들지 않냐고 물으면 그림 그릴 때가 가장 즐겁고 신난다고 하였다. 이러한 과정을 거쳐 사범대 미술교육과에 진학한 아들은 학업도 마치고, 대한민국 남자들이 짊어져야 하는 국방의 의무도 다하였다. 지금은 나의 고향에서 직장인으로 분투하고 있다.

09.
큰처남의 애절한 효심,
회심곡

대학 시절 아내와 사귀며 어려운 과정을 거쳐 우리 부모님 동의는 받았다. 다음은 아내의 집안이었다. 장인어른은 아내가 고등학교 때 세상을 떠나시고 큰처남이 아버지의 역할을 대신하였다. 장모님은 나에 대한 아내의 말을 듣고 호의를 보이셨다는데, 큰처남은 두 살 어린 내 이야기는 듣지 않은 것으로 하겠다고 완강하게 거부했다고 하였다. 그래서 내가 직접 만나기로 하고 큰처남의 사무실로 전화를 하여, 예의를 갖추어 한 번 뵈었으면 한다고 간곡하게 말씀드렸다. 차가운 목소리로 거부할 줄 알았는데 의외로 만나자고 하여 학교 앞 다방에서 만났다. 차분한 얼굴의 인자한

작은 숲지기의 꿈

모습이었다. 고향과 가족 관계 그리고 나의 진로를 물으며 편안하게 대해 주셨다. 그리고는 더 이상 반대하지 않았다.

큰처남은 형제들에게 아버지와 같은 존재였다. 어린 나이에 직장을 다니며 가족들의 생계를 위해 헌신하였고, 장인어른이 돌아가시고 난 뒤에는 가장의 역할을 하며 동생들의 일을 챙겼다. 총각 시절 맞선을 볼 때도 "동생들과 함께 살아야 하는데 괜찮겠냐"고 할 정도로 형제를 먼저 생각하였다. 큰 처남은 그런 사람이었다.

큰처남 못지않게 큰처남댁도 시동생들을 대하는 태도가 넉넉하고 인정이 깊었다. 저녁 식사시간을 놓친 처남들이 늦은 시간에 들어와서 "형수 밥 좀 있어요?"하면 큰처남댁은 "시간이 늦었는데 아직도 밥을 안 드셨능교"하며 부엌에 들어가 저녁상을 차려 내었다. 이처럼 격의 없고 형제간의 우애가 깊었던 것은 시집 식구들에게 불평하지 않고 자상하게 챙기는 큰처남댁의 넓고 깊은 마음이 있기에 가능하였다.

큰처남은 노래를 잘 하여 20대(1971년 1월 16일)에 오아시스 레코드사에서 주최한 전속 신인 가수선발대회에서 선발되어, 레코드사에서 가수로 데뷔시켜 준다고 서울로 오라 하였는데, 한 가정의 장남 역할에 충실하기 위하여 서울로 가지 못하였다. 큰처남은 그 일을 두고두고 아쉬워하였다. 큰처남은 그 끼를 결국 사물놀이로 발산시켜 오랜 세월 대구시 무형문화제 "날뫼북춤" 단원으로 활동하였다. 그리고 2021년 가을 대구실버가요제에서 3등을 하여 음반을 내라는 권유를 받았으나 건강이 좋지 않아 결국 유종의 미를 거두지 못하였다.

2000년대 초반 장모님이 세상을 떠나셨다. 장례식날 성주 가족묘지에 장모님을 모시고 돌아오는 버스에서 큰처남 친구들이 어머니의 극락왕생을 위해 「회심가」 한 소절 하는 게 어떠냐는 제안을 하였다. 큰 처남은 잠시 주저하더니 슬픈 목소리로 「회심곡」 한 부분을 불렀다.

일심으로 정념은 극락 세계라
보옹 오호오홍이 어아미로다
보옹 오오호오홍이 에헷에……염불이면
동참 시방(十方)에 어진 시주님네
평생 심중에 잡순 마음들 년만 하신 백발노인
일평생을 잘 사시고 잘 노시다

회심곡은 선행하여 극락세계에 갈 것을 권하는 내용으로 방대한 내용이다. 큰처남은 이 노래를 밀가루 포대 종이에 써서 유리 테이프까지 붙여 돌돌 말아 롤링페이퍼를 만들어 다 외웠다고 하였다. 그리고 행사에 갈 때 일행의 요청이 있으면 이 노래를 불러 주위를 놀라게 하였다는 이야기를 들었다.

작은 숲지기의 꿈

추억과 오늘 ·

큰처남은 2022년 가을, 코로나 후유증으로 입원과 퇴원을 번갈아
가며 투병을 하다가 77세의 나이에 다시는 돌아올 수 없는 먼 길을
떠났다. 큰처남이 세상을 떠나기 전 잠시 퇴원하였을 때 찾아뵈었
다. 몸이 빨리 회복이 되지 않는다고 고통스러워하였는데, 큰처남을
만나고 돌아오며 마음이 몹시 아팠다. 아내는 더 힘들어했다.

다시 아름다운
숲을 꿈꾸며

가슴이 아리면서도 실로 아름다운 여행이었다. 노래와 함께 떠났던 600여일의 여행은 아득한 영역에 머물러 있던 유년, 청년, 장년의 나와 재회하는 소중한 시간이었다. 이 여행에서 지금의 나를 있게 한 부모님과 가족, 소중한 분들은 물론 나의 흔적이 남아 있는 공간과도 해후하였다. 솟아나는 그리움 속에서 감사와 미안함이 롤러코스터를 타며 가슴 울렁이는 설렘과 뜨거운 열정을 온몸으로 느꼈다.

열정의 군불을 지펴 박차를 가하며
무엇보다 이 여행을 통해 내 삶은 저절로 이루어진 것이

아니라, 소중한 사람들과 맺어진 아름다운 인연에 의한 것
이라는 사실을 알게 되었다. 그분들에 대한 고마움과 그리
움을 간직하며 "많은 분들에게 빚진 삶을 살았다"는 것을
거듭 확인하는 소중한 시간이었다. 그리고 우둔하고 부족
함이 많은 내가 현재보다 나은 세상을 소망하며 내 삶의 현
장에서 내가 할 수 있는 작은 역할을 외면하지 않았다는 약
간의 자부심도 가질 수 있었다.

　이 여행은 그동안 의기소침했던 나의 생활에 다시 활력
을 불러일으키는 불쏘시개 역할을 하였다. 여기에서 다시
일으킨 열정을 바탕으로 미력하나마 남은 삶도 올곧고 따
뜻한 세상이 되기를 소망하며, 그동안 아름다운 숲을 꿈꾸
며 지켜 왔던 작은숲지기의 소박한 역할에 박차를 가할 것
이라는 각오를 거듭 다진다.